Redemoinho em dia quente

Jarid Arraes

Redemoinho em dia quente

10ª reimpressão

ALFAGUARA

Copyright © 2019 by Jarid Arraes

Grafia atualizada segundo o Acordo Ortográfico da Língua Portuguesa de 1990, que entrou em vigor no Brasil em 2009.

Capa
Julia Masagão

Imagem de capa
© VÂNIA MIGNONE/ Casa Triângulo

Preparação
Fernanda Villa Nova

Revisão
Ana Maria Barbosa
Marise Leal

Os personagens e as situações desta obra são reais apenas no universo da ficção; não se referem a pessoas e fatos concretos, e não emitem opinião sobre eles.

Dados Internacionais de Catalogação na Publicação (CIP)
(Câmara Brasileira do Livro, SP, Brasil)

    Arraes, Jarid
        Redemoinho em dia quente / Jarid Arraes. — 1ª ed. — Rio de Janeiro : Alfaguara, 2019.

    ISBN: 978-85-5652-089-0

    1. Contos brasileiros I. Título.

19-26000   CDD-B869.3

Índice para catálogo sistemático:
1. Contos : Literatura brasileira   B869.3
Maria Paula C. Riyuzo – Bibliotecária – CRB-8/7639

Todos os direitos desta edição reservados à
EDITORA SCHWARCZ S.A.
Praça Floriano, 19, sala 3001 — Cinelândia
20031-050 — Rio de Janeiro — RJ
Telefone: (21) 3993-7510
www.companhiadasletras.com.br
www.blogdacompanhia.com.br
facebook.com/editora.alfaguara
instagram.com/editora_alfaguara
twitter.com/alfaguara_br

Aos que alimentam e aos que não conseguem arrancar raízes.

Sumário

PARTE I: SALA DAS CANDEIAS

Sacola	11
Cinco mil litros	17
Moto de mulher	24
Boca do povo	28
Asa no pé	30
Marrom-escuro, marrom-claro	34
Mais iluminada que as outras	37
Telhado quebrado com gente morando dentro	39
Cachorro de quintal	45
Bordado em branco	49
Amor com cabeça de oito	54
Got a flamin' heart, can't get my fill	59
Viração de tempo	64
Gilete para peito	66
De melhor qualidade	70
Voz	72
Até as nove	78
As cores das fitas	81

PARTE II: ESPADA NO CORAÇÃO

Despedida de Juazeiro do Norte	85
Ligar seu fogo lá dentro	88
Gesso	90
Nheim nheim	96
Santa com a base marcada	101
Os fatos dos gatos	106

Graça	111
Não tem onça na serra	113
Beata princesa	116
Novo elemento	117
Como é ruim cair num buraco	120
Olhos de cacimba	123

PARTE I
Sala das candeias

Sacola

Pai-nosso, ave-maria, credo e cruz. Obrigada, Padim, por mais um dia. Os pés ligeiros em serem calçados com as sapatilhas ortopédicas. A camisa bordada em ponto de cruz com flores pequenininhas, a saia cinza e o coque no topo da cabeça desciam as escadas todos muito arrumados no corpo. Francisca segurava o rosário. O estômago pedindo café.

De manhã, à tarde e duas vezes à noite, ocupava os lábios com as repetições rezadas, ajoelhadas e ofertadas na caixinha de madeira do altar. Caminhava até o padre, agradecia pela missa, ajudava o sacristão, parabenizava o rapazinho do violão, sorria para a mocinha que cantava não saber se a igreja havia subido ou se o céu é que decidira descer, cumprimentava outras senhoras, outras velhinhas usando seus coques grisalhos, e voltava para ouvir seus papagaios no quintal, enquanto despejava mais um pouco de ração para os gatos.

Não era difícil viver daquele jeito. Havia uma segurança na mesmice, uma certeza de que tudo ficaria exatamente como estava. A solidão valia a pena, espantava os parentes, mantinha a casa limpa e não desagradava a Deus. O que mais podia desejar? Tinha três refeições por dia, a companhia dos bichos e a onipresença de Nosso Senhor.

Sentia o coração um pouco mais alegre quando organizavam uma feirinha de artesanatos na praça e tinha para onde ir depois da missa. Sentava em vários bancos diferentes, como se experimentasse a variação da madeira lascada, e comia um saquinho de pipoca com manteiga, pra não agredir demais as artérias.

Naquele domingo, a feirinha estava especialmente bonita, bem cheia de gente diferente. Tinha saído um anúncio na rádio com a promessa de que um circo grande estaria montado por perto. Não gostava de circo, mas gostava das caras novas e das crianças em suas motinhas automáticas alugadas por cinco reais meia hora.

Estava sentada dando tapinhas nas pernas quando sentiu os dedos estralarem.

— Desculpa aí — disse um rapaz com cara de agoniado.

Tinha os chinelos trocados, mas parecia não perceber. Francisca fez um sinal de tudo bem com as mãos enrugadas e tentou não reparar muito, a juventude é assim mesmo, nunca se sabe o que é mania nova. Mas o rapaz não saiu de perto, ficou plantado no mesmo lugar, coçando a cabeça, os olhos assim arregalados procurando algo por toda a praça, até que derrubou uma sacola com um nó bem dado e saiu andando com pressa.

Francisca ficou olhando para o chão, tentando decidir o que fazer, se deveria correr atrás do rapaz ou se pegava o saco e esperava que ele mesmo desse conta do descuido e voltasse farejando suas coisas.

Por via das dúvidas, pegou a sacola.

É droga, decidiu, ligando os pontos ao tocar dezenas de comprimidos nas pontas dos dedos. Sentiu as pernas moles, frias, formigando. Quase não se deu conta de que já estava atravessando a rua e girando a chave na porta da sala.

O arrependimento veio junto com o baque do trinco se fechando.

E se ele tiver visto? E se vier aqui em casa pegar a sacola de volta? E se for um bandido perigoso? Já imaginava a manchete no Barra Pesada, embalando o pânico familiar da hora do almoço. Com certeza o bandido voltaria com uma gangue, todos danados porque uma velha de igreja tinha roubado um saco cheio de droga. Seria morta rapidinho. Pior, seria morta devagar, sofrendo e pedindo ajuda a Deus. Os gatos veriam seu cadáver apodrecendo e fugiriam, viveriam na rua, procurariam comida em outros quintais. E os papagaios? Os papagaios não sabia o que fariam.

Com o peito vibrando, enfiou a sacola no fundo de uma gaveta no armário da cozinha e subiu para o quarto com toda a intenção de rezar. Padim Ciço que ajude, que tenha misericórdia, porque aquilo não foi feito por mal. Rezou até que caiu no sono com um terço e um rosário pendurados nos pulsos.

Antes que o sino tocasse pela terceira vez, Francisca já subia os degraus da igreja. Sentou logo na primeira fila e se encolheu com os punhos fechados em prece. Começou a murmurar uma oração, mas teve o pensamento atrapalhado pela conversa de duas mulheres que se sentaram na fileira de trás. Algo sobre um curso de informática, sobre buscar novas oportunidades, sobre coisas ruins que vinham disfarçadas e que depois se transformavam em bênçãos, sobre os caminhos misteriosos do Senhor, afinal.

Francisca achou que aquilo fazia todo sentido. Se os bandidos viessem, devolveria a sacola, diria que guardou com todo o carinho para o rapaz aflito que viu na praça. Ia até se fazer de sonsa, dizer que ficou preocupada, que achou que eram comprimidos de remédio, e claro que aquela quantidade de medicamentos faria falta para alguém muito precisado. Não teriam motivos para matá-la, toda a droga estaria intacta, entregue, e ela não iria denunciar.

Achou curioso que aquela sacola pudesse ser tão valiosa para uma gangue inteira entrar na casa dela. Se a droga era tão importante, deveria ser muito cara, ou muito boa.

Valei-me, meu Padim, tô pensando besteira. Fez o sinal da cruz quando ouviu o início da missa, mas não levantou na deixa certa, não repetiu a reza nem prestou atenção no sermão do padre. Ficou matutando qual seria a vantagem de experimentar droga, de gastar tanto dinheiro com aqueles comprimidinhos. Porque se fosse ruim, mas ruim assim de verdade, tanta gente não usaria. E, além do mais, todo mundo sabe que ninguém vicia em nada assim de primeira vez, isso é história que se conta pra meter medo em moleque. Qual seria o problema? Tinha ganhado praticamente de presente. Se o rapaz viesse buscar, perguntaria quanto devia, pagaria, ficaria tudo bem. Ele não ia matar uma possível cliente, uma velha de igreja. Podia inventar que confundiu com o remédio pra gastrite.

Começou a se convencer de que aquilo tudo fazia parte de um plano maior. Imaginou o rapaz muito agradecido porque sua sacola tinha sido encontrada por uma senhorinha tão caridosa e até mesmo decidindo frequentar a igreja. Imaginou que conseguiria evangelizar os bandidos, porque o Senhor tem caminhos misteriosos, e na verdade aquela sacola de droga era uma oportunidade para que traficantes virassem seguidores de Jesus, devotos do Padre Cícero Romão Batista, que nunca falhava em atender às orações de Francisca. E, como nunca falhava, como a tudo conhecia, certamente sabia que seu coração precisava de algo diferente, algo que lhe trouxesse emoção, algo que fosse um pouco além da igreja, dos gatos, dos papagaios, do café coado com pano encardido.

Não esperou o fim da missa, fingiu um ataque de tosse para justificar a pressa em sair. Abriu a porta de casa tão rápido que fez um dos gatos pular todo espichado. Pediu desculpas ao xaninho e agarrou o puxador da gaveta com força. Só uma, pode não ser droga, pode ser aspirina ou remédio pra dormir. Não fazia medo, tinha caído aos seus pés, era pra ser assim. E engoliu com meio copo de água do filtro.

Não demorou e a casa começou a ter uma aparência engraçada. A cadeira de balanço parecia dourada e logo em seguida tinha uma textura de borracha. Os gatos ficaram menores, mas seus olhos cresceram demais. Do teto, uma luz muito forte explodiu e tomou conta da sala de janta e de repente a música da mocinha da igreja parecia ter se tornado real. O céu tinha descido justo ali!

Tinha anjo pra todo lado, com vestidos brancos e compridos, descalços, segurando harpas, livros antigos e espadas reluzentes. As nuvens pareciam se aproximar, chegavam bem pertinho, e depois subiam de novo, igual brinquedo de parque de diversão.

Francisca ria e chorava, botava a mão na boca com a sensação de que tinha asas de anjo crescendo em suas costas. Ficou nisso, chamando os gatos pra perto, curiosa pelo encolhimento do corpo e o crescimento dos olhos, até que apagou.

Acordou com miados altos e pulou da cama assustada. Tinha perdido o toque do sino, estava atrasada para a missa, precisava escovar os dentes, o cabelo estava cheio de nó e não encontrava os sapatos. Levou vinte minutos para perceber que já passava da hora do almoço. Ai, Minha Nossa Senhora, o que aconteceu? Olhou para a estátua da Santa que ficava ao lado da penteadeira. E como se a Virgem respondesse, lembrou as cenas celestiais e a sensação inexplicável que tinha experimentado com aquele comprimido tirado da sacola. Até duvidou que fosse droga, porque nada inventado pelo ser humano poderia mostrar imagens tão bonitas, vindas diretamente do Paraíso. Lembrava bem, tinha até anjo. E se aquele era o Céu, com certeza era onde vivia Jesus, Maria, José e Padim.

Imagine que oportunidade única a de conhecer Padim Padre Cícero! Tinha muita sorte, porque não precisava esperar pela morte. Tinha sido abençoada por sua vida reta e dedicada à Igreja, sem sombra de dúvidas. Era uma recompensa.

No meio da alegria, se lembrou dos bichos e correu para alimentá-los. Talvez devesse tomar um banho e pentear os cabelos também, porque Padim merecia que se apresentasse bem aprumada. Mas estava tão ansiosa. Não queria perder tempo, não podia deixar que o Santo esperasse. Nem colocou comida pra ninguém, só pegou outro comprimido e disse amém, que seja feita a Vossa vontade.

Ficou ainda mais maravilhada pelo que viu. Os papagaios voaram com panos azuis nos bicos, enquanto anjinhos desciam anunciando a chegada de alguém importante. Francisca ouviu sons de trombetas e teve certeza de que conheceria Padre Cícero naquele instante, mas o Santo demorou e vieram outras distrações. Pássaros de prata e flores brotando do chão, que a essa altura já não era de azulejo estampado, mas de cristal. As paredes se tornaram cremosas, dava pra sentir na palma da mão, e tudo estava tão bonito.

— Quero conhecer meu Padim — pediu, tentando ganhar os favores dos anjos.

E então veio uma luz que parou na escada e tomou a forma de um homem idoso com batina preta. Não dava pra acreditar que era ele, o próprio. O grito de "Padim" saiu rasgado, desesperado, mas foi murchando junto com as flores que perdiam a cor, e logo nada mais estava lá, além do escuro.

Os olhos abriram com dificuldade, ardendo, quase grudados por muitas camadas de remela. Francisca estava com uma das bochechas estatelada no chão. Ração por toda parte. Centenas de grãozinhos eram comidos pelos gatos, enquanto os papagaios assistiam. O lixo da pia também estava tombado. Minha Nossa Senhora. Era estranho ver a casa daquele jeito, ainda mais depois de vir do Paraíso, depois de quase ter conhecido o Santo do seu coração, da sua vida. Ela que não ia limpar nada, nem fazer outra coisa que não fosse correr atrás do céu, do momento em que beijaria os pés do Padre Cícero, aquele homem bom, santo, milagreiro, que escutava as aflições das menores criaturas como Francisca.

Reuniu toda a força que conseguia e levantou. As pernas vacilaram, teve que segurar no armário de louças. Foi devagarzinho até a gaveta onde os comprimidos sagrados lhe esperavam. Dessa vez ia dar certo. Só pra garantir, engoliu três. Os gatos miaram, foram chegando e se esfregaram nas panturrilhas de Franscisca. Já ia se abaixando para acarinhar, quando viu a luz se espalhar pelo quintal. É ele!

Foi aos tropeços, quase sem ar, e empurrou um anjo que estava de pé logo ali na saída da cozinha. O quintal parecia o Jardim do Éden, as plantas estavam tão verdes e crescidas que iam se enrolando até o céu, até serem perdidas de vista.

A luz ia subindo pela escada do terraço, como se indicasse o caminho que Francisca tinha que seguir. E que seguiu, chorando, agradecendo a Nosso Senhor Jesus Cristo e sua Mãezinha Santa Virgem que tinham lhe oferecido tamanha graça.

Subiu os degraus quase pulando e viu o padre sentado em um trono de ouro, com anjinhos lhe servindo, voando, derramando jarras de uma água que era, ao mesmo tempo, cristalina e cor-de-rosa. Não podia acreditar que estava vendo seu Padim, com sua batina preta, currulepes nos pés e chapéu meio torto.

— Meu Padim — foi o que disse antes de se atirar da varanda, rumo ao abraço do Santo.

Cinco mil litros

O caso todo começou num dia em que fui pegar água lá pra cima da linha do trem. A lata d'água na cabeça pesava tanto que o juízo latejava. Parecia até que chamava todos os cachorros da rua. Era uma ruma de latido e rabo abanando. Aquele monte de pedra solta futucava a sola do pé. Meu chinelo já tava até se torando de tão velho.
 Minha vizinha me viu e veio sacudindo a revista da Avon.
 — Dona Neide, chegou a campanha nova!
 Gasguita que dá raiva.
 Eu fiz uma cara mais ou menos bonita, pra não ser chata, mas só pensava em tirar aquele peso da cabeça.
 — Menina, nem vem me mostrar nada, que eu não tenho tempo e nem dinheiro — eu disse.
 A gente riu.
 Toda vez é a mesma coisa: o sol começa a baixar e eu bato no portão dela, enfio a cabeça pela janelinha aberta e peço a revista nova.
 — O batom acabou, mulher, nem tinha percebido. E também o perfume do vidro bonito, aquele.
 Quem briga é minha filha. Ela não gosta de maquiagem da Avon e também vive impaciente. Tava me esperando lá em casa. Mal ouviu o barulho da lata sendo colocada no chão de cimento vermelho e apareceu da cozinha, correndo pelo corredor como se uma desgraça tivesse acontecido.
 — A senhora demorou demais, quase fui embora duas vezes.
 Ela falou e foi se abaixando pra levantar a lata. Quando sentiu o peso da água, parou de reclamar.
 Fiquei com a cabeça pendendo, achando a vida injusta, e aí a Cidinha fez uma cara triste. Sentou na cadeira de balanço e ficou balançando, balançando. Aí encompridou o olho.

— Por que a senhora não vai trabalhar na casa da Simone? Ela já chamou tanto.

Falou choramingando como se fosse menino.

E daí que já chamou tanto? Eu que não queria voltar praquela vida de faxineira, cozinheira, babá, faz-tudo. O dia todo que Deus deu enfurnada na casa dos outros, sem tempo nem de lavar minhas calcinhas. Eu que não queria mais engolir madame botando boneco. Quer dizer, madame fajuta. Que essa gente daqui ganha um pouco mais e já acha que é mulher de novela. Só falta andar dentro de casa com sandália de salto e o cabelo feito escova.

Da última vez que fui limpar a casa de Simone, que é uma dessas madames de algaroba, aguentei tanto desaforo que voltei com o choro entalado na goela. Foi tanta reclamação que fiquei me perguntando por que ela não limpava tudo sozinha, já que ninguém fazia direito.

Saí de lá só pensando em arrumar outra coisa pra mim. Algum serviço que eu pudesse fazer sozinha, sem ter uma voz repetindo no meu pé do ouvido que tudo tava ruim. Aí decidi lavar roupa pra fora.

Lavar e enxaguar me faz lembrar de minha mãe. Uma santa aquela mulher. Criou oito, um cachorro pé-duro e dois maridos cachaceiros. Eu não tenho pinguço pendurado no meu pescoço e Cidinha já é moça feita. Hoje em dia é diferente, mas ainda existe gente boa que procura braço forte de lavadeira.

— Quero é juntar dinheiro e comprar uma caixa-d'água daquelas de cinco mil litros. Já pensou, Cidinha?

Ela balançou a cabeça dando um tremelique estranho, do jeito que faz quando tá contrariada. Demorou um pedaço e tirou um papel da parte de trás da calça. Entregou na minha mão.

— Pois tome, é o da semana.

E foi simbora se sacudindo.

Eu não tava muito feliz com a situação, né? O povo diz que quando o filho fica adulto tem que cuidar do pai, da mãe. De jeito nenhum. Filho é cria, tem que crescer e fazer a vida. Quem for velho que se vire, já deu o que tinha que dar. Ninguém mandou ter filho, também. Quem dizia isso era meu pai, o segundo cachaceiro.

Até o café perdia o gosto bom quando eu pensava que minha filha trabalhava tanto pra me ajudar. Virando madrugada no motel, limpando seboseira daquela gente toda. Tudo bem que não era serviço em casa de família, não tinha que comer de pé no canto da cozinha nem tinha que usar um banheiro que mal cabia a bunda, ainda mais a dela, mas também não era bom. Como pode ser bom trocar lençol de adultério, de mulher safada que não se dá respeito, que deita com homem casado ou sem ter casado primeiro?

Se eu pudesse escolher um serviço pra minha filha, seria um daqueles trabalhos bonitos, aqueles que a moça se veste com meia-calça e chapeuzinho, o cabelo todo cheio de gel grudado no coco da cabeça, e fica recebendo o povo dentro do avião. Eu vi num filme uma vez. O avião voa tão alto que não dá pra ver, e as nuvens soltinhas, os passarinhos ficam até pra baixo. A moça serve bebida e comida, fala com todo mundo pelo telefone e dá pra ouvir alto.

Melhor do que limpar cama suada de safadeza.

Eu pensei muito nisso tudo. Tava calculando o preço da caixa-d'água e lavando roupa. Se eu comesse menos galinha e gastasse menos na revista da Avon, dava pra comprar uma daquelas caixas-d'água grandes. E sem faltar tanta água, ao invés de caminhar feito condenada com lata pesada no quengo, dava pra lavar mais roupa e gastar menos tempo. Aí era só pegar mais trabalho, ganhar mais dinheiro. Quem sabe até juntar algum. A aposentadoria não tava tão longe assim.

Fui contando os números baixinho, usando os dedos como sendo nota de dez, e não percebi que a lata tava logo ali no meio do caminho. Tropecei, caí por cima do braço molhado e fiquei no chão escolhendo o gemido mais penoso que eu sabia gemer. Era só o que faltava. Caí longe do tanque, longe da parede. Como que eu ia levantar? Sem botar força no braço direito, logo o direito, o bom.

Fiquei no chão o dia inteiro. Não consegui nem me arrastar. Sem almoço, sem banheiro. Segurei o mijo na reza. Fiquei espragatada até o fim da tarde, quando Cidinha apareceu. Foi sorte, porque não era pra menina ter aparecido.

— Mãe, pelo amor de Deus!

Eu tava cochilando e abri o olho no susto. Estendi o outro braço e ela me segurou e puxou pra cima na maior pressa. Quase caí de novo.

— Arre, menina, tenha nervo.

E aí veio um monte de pergunta abestada.

Mas mãe não tinha visto a lata? E se tivesse batido a cabeça? Por que não gritou por socorro? A vizinha podia ter ouvido. E planejava ficar até quando caída no chão?

Como se eu pudesse planejar uma coisa dessa.

— Minha filha, eu tô velha, tô gorda.

Fiquei sentida, sei lá. Fui deitar pensando nas roupas que não lavei. Cidinha prometeu que ia lavar, que a cliente ia receber a trouxa de roupa cheirosa e o dinheiro tava garantido.

— Só é um absurdo que a senhora cobre tão barato, porque ter máquina de lavar em casa é mais caro que isso. E ainda tinha a energia elétrica pra pagar, então uma lavadeira é serviço importante, viu? Pagar uma pessoa só pra lavar peça por peça, com todo cuidado? A senhora é muito inocente, mãe.

Foi a última coisa que eu lembro de ouvir.

De manhã, a casa tava vazia. O maior silêncio do mundo. Dava pra escutar os cachorros arranhando a calçada com as unhas. Mas tinha um cheiro de café passado que até engabelava a dor da queda. Uma filha tão boa, Cidinha. Deus conserve.

Bebi o café e fui ver televisão. Depois de uma receita que não entendi os ingredientes, uma entrevista com uma atriz da novela e uns desenhos animados, Cidinha voltou.

— Como tá o braço, ontem a senhora não quis me ouvir, tinha que ter ido pro médico.

Foi pegando na minha mão e olhando, olhando como se minha carne fosse transparente. Me agoniou tanto que eu aceitei ir tirar um raio X. O tempo de lavar as roupas da rua inteira, ali na fila de espera. As costas doendo mais que o braço. Mas tava quebrado mesmo, ninguém sabia dizer como eu tinha aguentado a dor. Dormido até.

— Eu sou forte, meu filho.

Eu disse isso, e o rapaz que operava a máquina calou a boca.

Quem ficou falando foi Cidinha. Andou o caminho inteiro dizendo que aquela situação, que aquele acidente, que ela avisou.

— A senhora não tem mais idade.

Repetiu oito vezes, que eu contei.

Aí me deixou em casa e foi procurar outro trabalho. Pegou aquele celular velho, com o breguêço todo solto, e ligou pro primeiro número que viu, o de Paulo. Falou que ia aceitar a proposta. A voz de Paulo abrindo os dentes do outro lado do telefone, mas ela desligou rápido.

Encontrou com ele no motel. O quarto de sempre, com banheiro que fazia bolha e luz colorida. O mais chique da cidade, mas Cidinha não se deslumbra com aquelas coisas. O tal Paulo até tentava fazer o ganho com presente. Cidinha devolvia tudo. Às vezes devolvia coisa que queria e que precisava, mas se Paulo não era só dela não se deixava engabelar. Só ia aceitar a proposta porque era caso de precisão. Que tipo de filha não ajuda a mãe?

Segundo Cidinha, era um homem de presença, esse Paulo. Eu mesma nunca vi, mas diz que o rosto é lindo, cravado com o olho enorme e preto, que mais parece dois buracos pro inferno.

— Você despenca naquelas duas valas dos olhos e não para mais de escorregar — Cidinha disse pra mim.

Só dá pra perceber a distância e o estrago depois que o fogo queima. Ou quando ele levanta a mão e a aliança dourada e grossa aparece. Grossa pra mulesta.

Ela sonhou, uma vez, que a esposa dele aparecia virada na besta-fera. Cidinha apanhava no meio da praça. A mulher puxando pelo cabelo, rasgando a roupa de malha barata, vrá, o som do pano se arregaçando todo. Depois acabou o sonho.

Mas ela aceitou trabalhar na loja de Paulo, que essa era a proposta. Só disse que não podia ter agarramento toda hora. Foi a única exigência. E tu acha que Paulo ia respeitar? Se todo o sentido de dar um emprego pra Cidinha e correr risco de ser descoberto era o agarramento? Cidinha disse que preferia limpar o grude da cidade inteira no motel. Ninguém passava a mão nela como se fosse o patrão daquela bunda. Preferia, mas aquele era outro caso. Só até eu melhorar.

Então ela se pegou nisso e começou a trabalhar numa rotina de cão. Motel, loja de joia, minha casa. Sempre que ela chegava lá em casa, pra ver se tava tudo certo, me encontrava no tanque. Eu tentava lavar roupa com um braço só, né? Demorava três vezes o tempo. Ela me assistia bater as roupas na maior vagareza. Pá, pá, pá.

Pedia e brigava quase todo dia.

"Mãe, pare com isso."

"Mãe, sua saúde."

"Mãe, assim o braço não vai ficar bom."

Até que desistiu. Eu fiquei lá lavando de pouco em pouco e ela foi trabalhar de muito. Pensou em se mudar pra minha casa, pra economizar, mas resolveu esperar só mais um pouco. Fazer que não ouvia o corpo reclamando.

Dormia no ônibus, dormia em pé. Cochilou duas vezes enquanto esfregava a banheira do motel. Percebia que Paulo fazia vista grossa quando encontrava ela escorada na parede, tentando deixar o olho aberto. Aí ela compensava com o corpo. Que reclamava também.

Disse que foi assim até que começou a se encher de tudo. De mim, que tava cada vez mais teimosa. E tava mesmo. Do motel, que tinha cada vez mais nojeira pelas paredes. E de Paulo, que podia até ser lindo duas vezes por semana, mas na rotina da carteira de trabalho era outra história.

A gota d'água foi quando a esposa dele apareceu de surpresa na loja e ficou medindo Cidinha com cara de intriguenta. A bolsa pendurada no pulso, uma roupa ridícula pro calor. Paulo fazendo as vontades da mulher, mandando trocar produto de lugar, tratando as funcionárias com grosseria pra esposa não ficar desconfiada.

Cidinha não conseguiu engolir e ficou mastigando, sentindo o amargo, pensando em quando ia poder cuspir aquilo.

Cuspiu pra cima quando entrou no estoque de joia e pegou um anel, uma pulseira e um par de brincos. Era tudo pequeno, com umas pedrinhas e de ouro. Lindo, ainda mais dentro do bolso, com toda intenção de virar dinheiro que ela ia me dar. Pra qualquer intrometido, ia falar que ganhou no bicho. Ninguém precisava saber a conta certa.

Conseguiu trocar com um zé qualquer, desses que vende coisa roubada. Enfiou o dinheiro numa vasilha de margarina que acabou e deixou no armário pra descansar um tempo. Depois entrou no estoque de novo e pegou um cordão. Disse que era até pesado, que nem corrente de bicicleta.

Mas dessa vez não deu tempo de trocar por nenhum centavo.

Eu ouvi essa história inteira com o coração doído. Ela tinha esse plano, né? Tava cansada da vida, de ter que se esfolar pra conseguir tão pouco.

— E aquela cheia de frescura desfilava com o pescoço de galinha todo bordado de brilho.

Eu ouvi e não disse muita coisa, só fiz que sim com a cabeça e prometi que ia voltar amanhã com um doutor pra tirar ela de lá. Metade do dinheiro da vasilha de margarina vai nisso. Com a outra metade eu vou comprar minha caixa-d'água.

Moto de mulher

Comprei uma Honda vermelha que tava na promoção e saí da loja dirigindo. Feliz demais, me sentindo que nem uma passarinha trepada na moto. O vento vem direto na cara, até arde o olho, mas é um sentimento gostoso de quase voar. Ainda mais no caminho pra Barbalha, de tarde, a pista vazia. Mas esse caminho eu só fiz depois.

Primeiro eu vesti o colete de mototáxi que guardei por três meses enquanto esperava a oportunidade da moto. Saí pilotando pelo bairro, não andei nem três quarteirões e uma mulher fez sinal com a mão.

Para aí, mototáxi.

Parei e ela me olhou assustada quando chegou perto.

Oxe, e é mulher, é?

Eu dei um sorrisinho meio troncho. Disse que pois é. Ela montou na garupa e falou que pelo menos ficava mais à vontade pra segurar na minha cintura. Não segurava na cintura de mototáxi homem que era pra não dar liberdade. Eu disse que pois é de novo.

Fui deixar essa mulher tão longe que eu nem sabia onde era aquilo. Ela foi me ensinando. Parecia que não ia chegar nunca. O sol rachando.

Quando a gente chegou lá, na frente de uma casa de taipa toda se desmontando, ela perguntou quanto tinha dado a corrida. Eu fiquei pensando por um tempo e ela me olhando impaciente, mas eu tava juntando a cara pra falar que era dez reais. Eu achava que ela ia reclamar do preço, ainda mais o destino derrubado daquele jeito. Falei que era oito conto e fiquei pensando por que eu tinha falado "conto", mas ela me entregou o dinheiro sem dizer nada e sumiu pra dentro da casa.

Fiquei tomando coragem pra voltar.

Não sabia voltar, na verdade. Tinha entrado em tanta rua pequena, em tanto beco, em tanta esquina de cerca. Não tinha uma placa de rua que fosse pra eu saber o nome. Fiquei olhando pra todo lado, o celular quase sem sinal. Longe demais, longe de um jeito que nem dez conto pagava.

Demorei uns vinte minutos tomando essa coragem e saí morrendo de raiva. Eu sempre me achei burra, mas ali a burrice tinha passado dos limites. Eu devia ter dito que não ia levar mais longe que a Matriz, ainda mais no meu primeiro dia.

Eu sei ir até o Crato, até a praça da Sé. Sei ir até Barbalha, até a praça da Estação. Sei andar em Juazeiro até o Hotel Verde Vale, passando um pouco da Rádio Tempo, mas pro outro lado só se for até a Matriz. As ruas que vão cortando esses caminhos todos eu não conheço. Sempre andei pelas ruas principais. As avenidas. Nunca prestei atenção quando eu era a levada e não a levadora.

O resumo era, então, a minha burrice. Otária demais, só oito reais. Dirigindo na chinelada, com medo de qualquer cara de macho que aparecia nas calçadas. Eu só achava que iam me roubar. Imagina se levam minha moto zerada que não deu tempo nem de sujar os pneus direito.

Fiquei nessa angústia, duas horas perdida. Até que avistei a estrada de volta pra Matriz. Depois de uns dez minutos comecei a reconhecer melhor as casinhas, as cercas, as placas. Entrei de novo na cidade com a maior alegria. Mais feliz do que quando peguei a moto pela primeira vez. Aí decidi ficar pelo centro.

Parei a moto num ponto de mototáxi perto da padaria, mas veio um cara falar que tinha que se cadastrar pra ficar ali. Eu perguntei como que fazia o cadastro e ele respondeu que era só com Zé, que tinha sido o primeiro mototáxi a começar aquele ponto. Que lutou na prefeitura e tudo pra ter o direito de parar perto do sinal, do lado da faixa de pedestre. E, além do mais, nunca tinha visto mototáxi mulher. Isso não ia dar certo. E o perigo? Era perigoso ser mototáxi. Ser mulher mototáxi, então. E a minha moto era pesada, se fosse pelo menos uma Biz. Eu disse que Biz não era moto e que tá bom, depois eu passava pra falar com Zé.

Fui subindo a rua até a igreja do Salesiano. Uma coisa ruim na boca, como se eu não tivesse dado o troco e as palavras estivessem todas amontoadas ali. Ouvi e não falei nada. Que tipo de resposta era "Biz não é moto"? Só se a mãe dele fosse uma Biz, aí ele se ispritava e escutava bem escutado.

Eu tava quase fazendo a volta, quando uma senhora deu sinal com a mão. Ô, mototáxi. Eu parei, mas dessa vez não percebi se ela ficou surpresa.

A senhora desengatou numa fala rápida sobre precisar entregar uma sacola numa fábrica de chinela. Mas não era aquela ali logo da esquina, era aquela no caminho de Barbalha. Não aquela que ficava já perto da cidade, era uma que ficava no meio do caminho.

Quanto que fica pra levar essa sacola lá?

Seis reais tá bom, eu disse, coçando os olhos. Dava pra notar que eu não sabia como cobrar direito, se isso era muito ou pouco, mas ela pegou o celular e pediu o meu número. Meu telefone tocou, ela desligou no segundo toque e ligou pra outra pessoa.

Ó, vai ser seis reais, pague aí que a mulher tá indo levar. É mototáxi, não é favor, você pague aí.

Desligou e me entregou a sacola. Tava pesada.

Cuidado que é de quebrar.

Quando eu parei no sinal perto do shopping, dei uma espiada pra dentro da sacola, mas a coisa tava embalada numa caixa. Fiquei pensando se era copo de vidro, um bomboniére, um vaso. Tudo do tamanho que coubesse numa caixa de uns cinquenta centímetros. Depois me distraí com o caminho e esqueci de pensar sobre a caixa.

Entrei ali na estrada pra Barbalha e tentei ir devagar pra não perder a fábrica. Nunca tinha reparado em fábrica nenhuma que ficasse no meio do caminho. Aí vi um muro com um desenho de chinela gigante e concluí que era ali, só que era do outro lado da pista, tinha que fazer o retorno.

Passei um posto de gasolina e uma churrascaria, andei mais um trecho e entrei pra pista da esquerda. Fui voltando tudo de novo. Mato, terreno baldio, uma casa sozinha, outra casa. Vi a fábrica chegando, mas não encontrei onde entrava e passei direto.

Ô peste.

Já tava nervosa pensando que ia ter que refazer a estrada da direita, mas reparei numa ruazinha e me embrenhei nela.

Achei que dava pra contornar por trás, mas de um lado era um monte de casa e do outro era uma plantação de milho. Só vi um pedreiro mexendo num resto de cimento e parei a moto pra falar com ele.

Perdi a entrada da fábrica ali, sabe qual é?
Sei.
Não tem outro caminho, não, aqui por dentro?
Tem aquele caminho ali de terra, no meio da plantação.
E a moto vai passar?
Passa sim, que passa até moto pequena.
Então eu fui. Se passava até moto pequena, a minha passava. Era um caminho de terra entre os milhos. A terra fofa, a moto bambeando, eu morrendo de medo de cair. Fui, fui, fui, até que o caminho acabou. A praga do caminho acabou.
Mas ele disse que passa até moto pequena.
Entrei na plantação de moto e tudo, sendo que não tinha mais caminho nenhum. Só milho alto. É claro que a moto atolou. Empacou. Não se mexia por nada. Me deu um desespero tão grande que eu comecei a chorar. Fiquei olhando pros milhos, pra terra, pro caminho atrás. Ia ter que virar a moto e empurrar. A moto pesada que só a bixiga, o sol rachando, a sacola pendurada no meu braço.
Fiz uma força que eu nem sabia que tinha. Acho que demorei mais de meia hora pra conseguir virar a moto, depois mais dez minutos pra conseguir empurrar a bicha de volta pro caminho. O tempo todo ouvindo o cabinha dizendo que se fosse pelo menos uma Biz. Biz que é moto de mulher.
Quando finalmente consegui, limpei as lágrimas da cara e comecei a voltar.
Só vi a queda.
Tentei segurar a moto com a perna esquerda, pra não cair, mas meu joelho estralou e foi uma dor desgramada.
A moto ficou ligada, a buzina apitando, os pneus rodando. Caí por cima da sacola com caixa e tudo. Chorei mais. De dor, de raiva, de não saber como eu ia levantar dali. Nem sei quanto tempo passou, mas o pedreiro veio correndo e dizendo caiu foi, caiu foi.
Ele me ajudou a levantar a moto e empurrar até a rua. Fui mancando e mandando uma mensagem pro celular da senhora da sacola. Quebrou o que tinha dentro da caixa, me dê um endereço que eu vou aí pagar.
O pedreiro parou a moto no pezinho e fez cara de riso.
E tu é mototáxi, é?

Boca do povo

bar
substantivo masculino

    1. negócio de Damião, marido de Socorrinha, cabra meio amostrado, meio aprumado, que tem dia de mexer com a mulher alheia e dia de ouvir Reginaldo Rossi e Amado Batista, parecendo arrependido, principalmente quando Socorrinha passa de uma semana a um mês na casa da mãe.
    2. lugar, de propriedade de Damião, que fica na esquina da rua do ônibus, que tem cadeira vermelha de plástico, mesa de plástico, uma mesa de sinuca, duas caixas de som, uma televisão que transmite os jogos de futebol, um balcão de azulejo branco, e que serve cerveja e cachaça, além de vender salgado que minha mãe não me deixa comer, porque é muito gorduroso.
    3. ambiente, do qual Damião é dono, que minha mãe frequenta de duas a quatro vezes por semana, dependendo se está triste ou feliz. De uma a três vezes por semana, ela me carrega junto, dependendo se posso ou não ficar na casa da minha tia.

tia
substantivo feminino

    1. a manicure de minha mãe, que também é a melhor amiga dela desde que as duas eram pequenas, e que eu chamo de tia, porque minha mãe não tem irmã de sangue, não tem mãe, nem pai, nem família nenhuma, pelo que me disse.
    2. mulher, que é melhor amiga de minha mãe, que dá aula de dança do ventre e gosta de beber cerveja, mas não gosta do bar que minha mãe frequenta.

cachaça
substantivo masculino

    1. o que minha mãe mais gosta de beber quando está no bar de Damião.
    2. bebida que faz os clientes do bar se enrabicharem para o lado de minha mãe e também para o meu.
    3. bebida proibida para mim até eu fazer pelo menos dezesseis anos.

quenga
substantivo feminino

    1. mulher que tem as unhas muito compridas, que usa batom muito chamativo, que usa a cor vermelha, que anda batendo o salto como se fosse cavalo, que não vai nas reuniões de pais e mestres e tem perfume muito doce ou muito forte ou usa muito perfume mesmo.
    2. mulher que, segundo minha mãe, pode ser qualquer uma.
    3. o que minha mãe, de acordo com a boca do povo, parece ser.

Asa no pé

Dez da manhã, estendeu o pano no chão da praça Padre Cícero, arrumou os seis cordéis um ao lado do outro, muito bem alinhados, e esperou por clientes.

As pessoas caminhavam com pressa, destinadas à rotina, aos compromissos, compras, confusões da vida. Cada uma lhe olhava de um jeito, mas sem qualquer máscara de disfarce.

Tudo o que queria era que os olhares se demorassem mais nos cordéis, naqueles pequenos folhetos grampeados com tanto cuidado e que guardavam o trabalho dedicado de suas palavras. De tudo o que queria dizer sobre todas as coisas da existência. Sobre amor, sobre morte. Histórias inventadas pelas madrugadas, quando não segurava a diligência do dinheiro e não conseguia dormir. Histórias inventadas enquanto trabalhava, desligando a realidade dos arredores e acendendo a vela de personagens muito mais fortes que ela mesma. Suas histórias metrificadas e rimadas cabiam naqueles folhetos coloridos. Eram lindas. Queria compartilhar com aquele povo todo, se seus olhares deitassem mais tempo no chão.

Algumas pessoas diminuíam a velocidade dos passos, dividiam os segundos rápidos de pensamento entre os folhetos e a vendedora, que era também a poeta, mas nunca demoravam o suficiente para ler os títulos. Não viam que um cordel era "A mulher de pés alados" e ao seu lado estava o "Somos todos a mesma coisa no mundo dos sonhos". Ninguém perguntava "você que escreveu?", ninguém queria saber sobre o que era aquela história intitulada "Enxada em coração cansado".

Se fosse um pouco mais ingênua, um pouco mais burra, talvez achasse que seus títulos eram complicados demais. Talvez as pessoas quisessem cordéis sobre Lampião, sobre cangaceiros como todos os cangaceiros de todos os folhetos, e sobre piadas e essas coisas de sempre, porque todos sabem que esses são os cordéis disponíveis no mundo. Mas ela própria não era uma presença como todas as outras presenças naquela praça. Era uma interrupção, uma topada, uma interrogação. As pessoas vinham caminhando, relógio, banco, Padre Cícero, banco, grama, carrinho de picolé, banco, ela. Opa, ela. Um pano no chão com cordéis. Tudo bem, cordéis. Mas ela?

Meio-dia, nenhuma venda, nenhuma pessoa que tivesse parado, nenhuma pergunta. Recolheu seu pano, foi para casa pensar.

Duas amigas dividiam o aluguel, cada uma com seu quarto. Nenhuma delas era poeta daquela categoria. Questionavam e não entendiam por que escrever aquelas coisas. Escrever já seria uma ambição tão imensa.

— Mas cordel, Nicolle? Tá é doida!

Ria junto, porque todos têm um pouco de razão em tudo que dizem.

Comeu um resto de lasanha, bebeu cajuína, assistiu a um filme tão ruim que ficou pensando no significado da vida e na necessidade de tomar banho mais cedo.

Debaixo do chuveiro, teve a ideia de declamar um de seus cordéis, na praça, para atrair clientes. Sua voz iria longe, ouviriam sua poesia. Encheria os espaços abafados pelas mãos debochadas. Era boa, sabia disso. Se ouvissem suas rimas, suas histórias, como eram emocionantes, tocantes, com certeza se sentiriam interessados.

Insistiu. Voltou no dia seguinte, dez da manhã. Estendeu o pano, os cordéis. Bebeu a água da garrafinha amarela que levava pra todo canto. Limpou a garganta, puxou os versos pela memória, se lembrou de Patativa. *Bora, Nicolle, coragem.* Aumentou o volume da voz e soltou.

> Vou contar neste cordel
> Uma história emocionante
> Da mulher de pés alados
> E cabelos flamejantes
> Sua voz enfeitiçada
> Como música encantada
> Pelos ares, viajante.

Duas mulheres olharam. Um homem que vinha carregando uma caixa diminuiu o ritmo. Os mototáxis do ponto da esquina, que ontem cochicharam e depois pararam de dar atenção, encararam calados. Depois um cutucou o ombro do outro, como quem diz "olha ali tua namorada", e riu. Nicolle continuou.

Pelas noites recolhia
Os temores secretivos
E vagava pelas ruas
Com amor tão tempestivo
Que o céu relampejava
Todo mundo admirava
Seu fulgor imperativo.

Era linda e perigosa
Com seus olhos serpentinos
Mas fazia a caridade
De ouvir os desatinos
De quem tinha a humildade
Com a chama da verdade
Nessa vida, peregrino.

As pessoas que antes ouviam já não lhe davam atenção. Estava falando sozinha, dizendo suas rimas para os pássaros cagões e fracos, tão incertos como todo aquele povo, que talvez não merecesse seu esforço. Talvez fosse o caso de desistir daquela gente, de abandoná-la. Não tinha jeito. Não importava se alguém tentasse, se desse uma chance para que abrissem a mente, dilatassem as pupilas, descolassem os pulmões. Seriam sempre as mesmas pessoas. Nada nunca cresceria. Naquele chão, nenhuma outra planta brotaria.

Recolheu seus folhetos, seu pano vermelho, e deu meia-volta.

Então se deparou com uma figura impensada. Olhou dentro dos seus olhos castanhos, os olhos de um pipoqueiro que estava sentado num banco logo atrás e que, por um milagre, por um amor em seu peito, lhe assistia.

Sorriu, testando o contato.

— Muito bonita — o senhor falou, ajeitando o boné velho.
— Obrigada.

Não soube se deveria falar algo mais, se poderia lhe apresentar seus cordéis, ou se aquela única interação deveria ser guardada como a maior vitória de todas, todo o seu gás, a maior lembrança, o exemplo que usaria, um dia, a memória que enfeitaria em entrevistas, a sinopse de um livro no futuro.

— É você? — o senhor perguntou, mantendo a amizade dos olhos com os olhos e a mão no boné folgado.

— Quem?

— A mulher que tem asa no pé.

Nicolle riu um pouco, disse que não. Já ia caminhando, as pernas perturbadas pelo inesperado, quando pensou melhor.

— Quer dizer, acho que sim.

Marrom-escuro, marrom-claro

Minha avó morava numa casa com jardim logo na frente. Parecia até uma daquelas casas de filme, só que, em vez de uma cerca branca, tinha um muro bem baixinho e dois portões pretos de ferro. Eu gostava de sentar no muro e assistir aos carros, às pessoas, aos jumentos passando. Sempre esquecia de levar meus brinquedos pra lá, daí ficava dias e dias contando as cores dos carros.

Quando eu tinha seis ou sete anos, abriu uma locadora de video game na calçada da frente. E aí minhas férias se resumiam a pedir dinheiro aos adultos pra jogar Street Fighter. Cinquenta centavos, meia hora. Oitenta centavos, uma hora. Eu sentava na cadeira de macarrão verde e jogava na doida, apertando todos os botões, mas sempre ganhava dos meninos. Numa dessas vezes, conheci Diego.

Ele morava na casa ao lado da locadora, uma casinha pequena com porta de madeira e um janelão que vivia fechado. Eu nunca entrei lá, ele dizia que a mãe era chata e não gostava de receber visitas. Então a gente brincava no jardim da minha avó, que não tinha flor nenhuma, só grama mesmo, e no alpendre onde tinha um sofá de cipó seco. As pernas ficavam marcadas de um jeito engraçado.

A gente conversava muito, mesmo enquanto jogava Street Fighter. Eu sempre escolhia a Chun Li, mas ele trocava toda vez. Quase sempre perdia e aí botava a culpa nos personagens. Ele que era ruim mesmo, tentava acertar os golpes que a dona da locadora ensinava, x com y e duas vezes pra esquerda, e não conseguia fazer nada direito.

Por isso que eu apertava tudo junto. Dava certo.

Diego foi o meu primeiro melhor amigo, mesmo que a gente só se encontrasse duas ou três vezes no ano, nas férias da escola e, às vezes, na semana do meu aniversário. Não lembro quando era o aniversário de Diego, nem se ele estudava. Só lembro da gente sentado na calçada, as quatro pernas coladas e as risadas que a gente dava.

Ele colocava o braço ao lado do meu e dizia que o meu marrom era menos marrom que o dele. Eu achava isso um absurdo. Todo marrom é marrom, não tem um que seja mais que o outro. Ele dizia que o dele era mais forte e brilhava mais. Eu ficava emburrada. Queria brilhar também. Do lado da sua prima, você brilha. Ele falava sempre que eu ficava de cara fechada.

Minha prima era ruiva, os cabelos lisos, o rosto cheinho de sardas. Eu não queria ser ruiva, mas queria ser como ela, ganhar os presentes que ela ganhava, passear com o pai para os lugares que ela passeava, ter as barbies boas que ela tinha, e não aquelas de plástico oco que minha avó me dava.

Uma vez, ela disse que eu tinha roubado uma caixinha de música que era um porta-joias e tinha uma bailarina rodopiando. Ela gritou que era dela, que eu tinha roubado, que eu era uma ladrona. Me doeu muito ser chamada de ladrona, com sete letras.

Diego foi quem acreditou em mim primeiro, depois foi minha mãe. Quer dizer, não sei se minha mãe acreditou, ela só confirmou que a caixinha era minha. Que era nossa, ela disse. Mas eu não me lembro de ter ganhado a caixinha. Acho que minha mãe só queria me proteger. Acho que eu roubei mesmo, mas não lembro como e nem quando.

Até hoje essa história da caixinha fica futucando meu estômago. Diego parado do lado de fora, tentando escutar a briga, e eu chorando dizendo que não era ladrona, não. Eu não roubei nada, vó, a caixinha é minha. Chorei tanto que fiquei com dor de barriga, passei a tarde inteira no banheiro. Quando eu saí, já era de noitinha, e Diego tava na calçada me esperando. Trouxe duas bolachas de chocolate pra mim. Não aguentou esperar tanto e comeu as outras quatro do pacote.

Depois de um tempo as coisas ficaram um pouco estranhas. Quando a gente brincava, sempre dava em briga. Sempre que eu ganhava no video game, ou quando eu não queria deitar na grama, porque me dava uma coçadeira danada, ou se eu escolhia o último picolé de cajá, ou quando eu queria assistir ao *Domingo Legal* e ele queria sentar na calçada pra contar carros.

A gente brigava e eu entrava na casa da minha avó e ficava na sala fingindo assistir à televisão, enquanto ele botava a cara na janela aberta, ajoelhava no sofá de cipó e me chamava baixinho. Ei, ei, ei, ei. Quando eu achava que já tinha castigado o suficiente, voltava pra fora.

Uma vez, minha prima saiu e foi conversar com ele. Eu fiquei com ciúmes, com medo de que ela roubasse meu amigo só pra se vingar pela caixinha de música. Olhei e vi os dois cochichando e Diego com cara de triste. Fui chegando perto da janela pra tentar ouvir e, de repente, minha prima gritou que Diego gostava de mim. Gostava assim de outro jeito que não era só como amigo.

Ele pediu um beijo, um selinho. Fiquei pensando em como seria dar um selinho nele. As duas boquinhas se juntando e estralando em dois bicos, a gente sem jeito, depois com vergonha. Não pensei mais longe que isso, só disse que não ia dar beijo em ninguém. Eu lembro que ele chorou e eu fui me esconder no quarto.

Só depois de quatro dias que voltamos a sentar na calçada pra conversar e contar carros. Eu estava ganhando com oito vermelhos contra três brancos, mas aí Diego achou melhor interromper tudo e vestir uma expressão muito séria.

— Eu tenho que te contar uma coisa.

Fiquei caladinha, assustada com o tamanho da expectativa que crescia na minha barriga.

— Minha mãe disse que a gente não pode mais ser amigo.

Eu quis saber o motivo. Diego começou a chorar e eu segurei a mão dele bem forte. As lágrimas dele brilhando no rosto marrom-escuro. Minhas lágrimas brilhando no rosto marrom-claro.

— Ela disse que você é rica e eu sou pobre e a gente não pode ser amigo.

Achei muito injusto que a mãe dele visse o jardim de grama da minha avó e pensasse que eu era rica. Eu só ia pra lá duas vezes por ano. Não era minha casa. Eu não era rica, eu nem tinha uma Barbie boa, que vinha com roupinha que parecia roupa de gente. Eu nem tinha ganhado a Barbie grávida que vinha com um bebezinho que você empurrava na barriga e tapava com uma parte que encaixava e imitava um bucho de grávida de verdade. Eu nem era ruiva e sardenta que nem minha prima, com os vestidos dela, os sapatos dela e os passeios com o pai.

A gente chorou, chorou e chorou até ficar tarde da noite, que era a nossa última noite como amigos. Ele levantou e foi embora me olhando até entrar em casa. Depois olhou mais um pouco de dentro, pela porta de madeira, e aí a mãe dele fechou a brecha e eu nunca mais vi Diego.

Mais iluminada que as outras

Tenho dois seios, estas duas coxas, duas mãos que me são muito úteis, olhos escuros, estas duas sobrancelhas que preencho com maquiagem comprada por dezenove e noventa e orelhas que não aceitam bijuterias. Este corpo é um corpo faminto, dentado, cruel, capaz e violento. Movo os braços e multidões correm desesperadas. Caminho no escuro com o rosto para baixo, pois cada parte isolada de mim tem sua própria vida e não quero domá-las. Animal da caatinga. Forte demais. Engolidora de espadas e espinhos.

    Dizem e eu ouvi, mas depois também li, que o estado do Ceará aboliu a escravidão quatro anos antes do restante do país. Todos aqueles corpos que eram trazidos com seus dedos contados, seus calcanhares prontos e seus umbigos em fogo, todos eles foram interrompidos no porto. Um homem — dizem e eu ouvi e depois também li — liderou o levante. E todos esses corpos foram buscar outros incômodos. Foram ser incomodados.

    Eu tenho estas nádegas, este nariz com dois buracos que ventilam meu sangue, tenho também unhas fortes que adorno com gel comprado por cento e cinquenta reais e duas panturrilhas hipertrofiadas pelos exercícios constantes. Este corpo que eu tenho é um repetido desagrado. Caminhar neste corpo, por essas ruas, é um infinito cansaço. Eu boto um pé atrás do outro e milhares de seres dão pequenos pulos e correm com seus sapatinhos bobos.

    Eu ouvi e li, porque me disseram, que essa terra foi mais iluminada do que as outras, já que os corpos navegados foram libertos quatro anos antes dos demais. No entanto, meus ouvidos captaram superficialidades, nomes raspados, milhos restantes para galinhas depenadas. Por bastante tempo contado em calendário, não consegui me lembrar do nome de quem liderou o quê, de quem fez, deixou de fazer, onde ou quando e por que o Ceará ou o Cariri tinham a ver com isso. Eu nunca levantei a mão durante uma aula e perguntei: professora, existiu escravidão no Cariri? Quem foi dono de escravos no Cariri?

Mas meu queixo me serve, não é trêmulo, e minha língua conhece toda sorte de habilidades. Meus joelhos são duros e cuidados com cremes que custam mais de cinquenta reais. As minhas digitais. Elas são tecnologias selvagens que desbloqueiam mensagens, segredos, ofensas, tratados, reconciliações, números que pagam. Eu não devo os líquidos do meu corpo a ninguém. Quando vomito, tenho minhas razões. Mas sou bicho e, quando entro num recinto, os mínimos besouros batem suas asas translúcidas em inconveniência.

Eu gostaria de perguntar agora, mas hoje estou longe de todos, mudei minha casa para o mundo de chão rachado e convidei uma equipe de filmagem da televisão. Os jornalistas chegarão amanhã e logo todos verão imagens de minha vaca morta e de meu mandacaru — é nele que coço a consciência. Portanto, sinto muito, mas não posso levantar a questão e pedir uma lista histórica de famílias que enriqueceram com os corpos negros torturados. Não posso usar minha aparência intimidadora, poderosa, minha altíssima figura e minhas belas garras tingidas para mandar que tornem as informações acessíveis. Eu vou ficar aqui, deitada no meu chão rachado. Meu corpo está entregue aos graus do que não enxerguei.

Aquece meu corpo, me queima os fatos, me exibe monstruosa e com dentes pontiagudos. Esses dois seios à mercê da gravidade de quem sou. E um cabelo que, espero, me faça sombra.

Telhado quebrado com gente morando dentro

Acho injusto que entre nós duas, Juliana e eu, a necessidade constante de salvação tenha encontrado meu coração e não o dela. Acho injusto porque, ao contrário do que se fala por aí sobre duas irmãs com idades próximas, nunca fomos rivais, nunca disputamos a atenção dos nossos pais, nunca tivemos inveja uma da outra. Sempre fomos parceiras, amigas, cúmplices do crime que era ser menina num mundo todo feito para nos dobrar, dobrar e dobrar até que a coluna não aguentasse.

De todas as meninas que eu conheci, desde que me lembro, Juliana sempre foi a mais forte. Fazia o tipo mãe de todas. Era a que separava as brigas, a que dizia pros meninos irem tomar banho quando estavam fedendo demais, a que parava a brincadeira quando alguma coisa saía do controle. Minha irmã era chamada quando alguém caía e se machucava. O nome simplesmente saía da boca, porque sim, porque era fácil, porque era isso mesmo. "Juliana", com o último "a" durando um tempo sem fim.

Mesmo com nossa vida pobre, pobre de verdade, a gente conseguia ser feliz. Ela e eu. Ouvindo Mastruz com Leite e Limão com Mel na rádio, torcendo pra que alguém ligasse e pedisse as músicas que a gente gostava. Enquanto ela varria e aguava o chão sem cimento, pra não subir poeira, eu lavava os pratos no tanque que ficava no quintal. Entre as pausas, dançávamos juntas. Eu muito melhor do que ela. Mais baixinha, muito mais magra, com mais cara de piveta, mas melhor forrozeira. Juliana dava risada. Não sei se me deixava ganhar.

Dormíamos na beliche que minha avó tinha dado de presente havia uns bons anos. A casa toda tinha só um quarto, além da sala, da cozinha onde ficava támbém o banheiro, e do quintal. No quarto dormíamos todos. Eu e Juliana na beliche, e minha mãe e meu pai na cama de casal. Sempre foi assim, desde que me lembro. Separando nós quatro, apenas os mosquiteiros verdes.

Depois fiquei pensando que parte da responsabilidade por tudo de ruim que aconteceu era da nossa pobreza. Me convenci disso. Imaginei que coisas piores aconteciam com gente pobre, gente que só tem um quarto e tem que se amontoar para dormir. Todos misturados, como bichos que não reconhecem parentesco. Acreditei nisso enquanto pude.

Mas sempre tento chamar as boas memórias, para lembrar de Juliana comigo, dos nossos passos perfeitamente ritmados, das garapas que bebíamos com água bem gelada.

A gente juntava todo mundo da rua e fazia bolas com sacolas plásticas. Colocava uma dentro da outra até que a bola ficasse num tamanho ideal pra jogar futebol, vôlei, carimba, marcando as traves com as chinelas, fazendo a rede com corda de prender jegue. A bola caía no esgoto, mas tudo bem, porque a gente também brincava com aquela água; sabia que quando saía do cano vinha mais limpa, depois que misturava com o diabo a quatro é que ficava preta. Ela servia pra juntar com barro vermelho e moldar bolinhos ou fazer sopa dentro de latas catadas nos terrenos. Depois a gente sentava na calçada e tirava os carrapichos das pernas.

Contando assim, sei que as coisas parecem miseráveis, perigosas, saídas dos livros que falam sobre a falta de saneamento básico. A gente tinha água encanada e banheiro dentro das casas. Mas esse era nosso jeito de ser criança e de ficar próximo, todo mundo igual.

Depois o tempo foi passando, mesmo que aos poucos, e as brincadeiras foram sendo substituídas pelos meninos. Não os meninos que catavam lata com a gente, mas os meninos maiores.

E Juliana sempre se interessava por eles. A cada mês, um era mais bonito que o outro. Um da escola, um que morava perto da casa de vó, um que tinha se mudado pro trecho. Ela era dispersa e não sabia o que queria. Essa era só outra forma de brincar, até que se apaixonou de verdade por Túlio, filho de seu Valmir marceneiro.

De cara, achei muita sorte que Juliana se apaixonasse por Túlio, porque ele era melhor amigo de Gegê, que eu achava muito bonitinho. Eles estavam sempre juntos, a gente estava sempre junta.

Parecia inevitável e foi. Quando consegui meu primeiro beijo com Gegê, Juliana quase deu uma festa, usou até uma parte do dinheiro que juntava, quando trabalhava cuidando do bebê de nossa tia, e fez um bolo de chocolate só pra nós duas. Nunca vou esquecer a tarde daquele bolo, assistindo à *Lua de Cristal* na televisão enquanto ela não parava de falar de Túlio.

Ele era um pouco mais velho, tinha dezesseis anos. Juliana tinha catorze, mas ninguém acreditava. Depois fiquei pensando que parte da responsabilidade por tudo de ruim que aconteceu também era dessa confusão, da descrença das pessoas. Eu parecia uma menina, mas minha irmã não. Só que essa foi a mentira que durou menos tempo na minha cabeça.

O que eu tinha era a ilusão de que podia dar Túlio de presente pra minha irmã, só porque ela queria tanto. Porque eu consegui ficar com Gegê, porque nos demos tão bem e ficamos tantas vezes até o ponto de enjoar, até que viramos só amigos, mas minha irmã não conseguia nada com Túlio. Trocaram dois beijos e nunca mais. Ainda assim, ele parecia dar esperanças. Era isso que bagunçava a história toda. Eu não aguentava ver minha irmã chorar por causa de um menino. Justo minha irmã, Juliana, a mais forte de todas, a que todo mundo chamava quando estava chorando.

Então fui me aproximando de Túlio, algumas vezes indo na calçada da casa dele assistir ao trabalho da marcenaria, outras vezes conversava quando ele estava com Gegê.

Numa dessas vezes, enquanto nós dois esperávamos Gegê sair do banho, sentamos sozinhos na garagem. Quis defender minha causa, falar sobre como minha irmã gostava dele, sobre como eles ficariam muito bem juntos. Era Juliana, cara. A mais velha da rua, a mais bonita, a que dispensava até os meninos de outras ruas e outros bairros. Ela gostava dele e só dele. Por que ele não estava convencido?

Em vez de uma resposta, de qualquer resposta, Túlio tirou o pinto pra fora. Olhei rápido, mas fiquei congelada. Nunca tinha visto um pinto, só nos livros da escola e mesmo assim eram desenhados, não eram fotos. Essa era a primeira vez, era o de Túlio, de repente, era errado, tudo errado, eu me sentia mal.

Eu mantive segredo.

Não deixei de ser amiga de Túlio. Aquilo me fez mais convencida de que eu precisava juntá-lo com Juliana. Eu acreditava que ele tinha agido daquela forma para que eu desistisse de falar que ele deveria ficar com minha irmã. Um recado, um "se toca", um "me deixe quieto", já que todo mundo dizia que Túlio queria ficar com todas. Mas eu queria lhe mostrar o contrário, queria provar pra ele mesmo que, no fundo, ele gostava muito da minha irmã. Eu só estava errada, e, apesar de temer o pensamento de que ele pudesse repetir aquele dia, estava sendo muito insistente, indo atrás demais, batendo demais na porta, ficando demais na calçada, e já não tinha Gegê pra ficar de beijo. Então Juliana explodiu.

A culpa era minha. Túlio não queria nada com ela porque eu estava sempre me oferecendo. O que ela não entendia era como Túlio podia preferir uma piveta magra e raquítica, sem peito, sem bunda, que nem maquiagem usava, em vez dela. Ela, Juliana. Sim, minha irmã. Eu também achava. Eu queria até dizer. Era ridículo pensar o contrário, mas eu não tinha voz. E se fosse verdade?

Não posso dizer que brigamos, porque eu fiquei o tempo todo calada. Deixei que minha irmã me xingasse e fizesse de mim o pano que ela usava para molhar a terra do chão da nossa casa.

No outro dia, acordei com febre. Vomitei o tempo inteiro e cuidei de mim mesma, porque Juliana me ignorou e nossa mãe teve que trabalhar de qualquer jeito. Fiquei na beliche de cima, tremendo, enrolada no meu lençol listrado. Escutava Juliana limpando a casa, batendo as panelas do almoço, ouvindo a rádio na estação que tocava nossas músicas favoritas. A vida dela continuando sem mim.

Melhorei depois de alguns dias e fui passar um tempo na casa de vó. A vida de minha irmã continuava sem mim e a minha continuava sem ela. Não muito bem, mas como todas as coisas que existem, como os animais que quebram uma pata e continuam andando, como as casas com telhas quebradas que continuam com pessoas dentro. E, além do mais, eu sempre fui chamada de dramática.

Só uma semana depois chegou a notícia de que Juliana estava muito mal. Não de doença. Estava muito mal porque nosso pai tinha tentado alguma coisa com ela. Aproveitou que ela estava sozinha em casa, de tarde, e quase foi longe demais.

Não sei quão longe é longe demais, mas para mim não precisava caminhar muito. Imaginar Juliana sendo forçada a qualquer coisa, por nosso próprio pai, era o mais horrível que poderia me surpreender. Foi pior quando ouvi minhas tias comentando detalhes. Na cama de casal, empurrou, puxou a saia, inventaram que estava sem calcinha, mas não estava, espalharam na rua inteira, foi só porque ela gritou muito que ele não foi além, foi quase.

Eu vomitei, tive febre de novo. Chorei tanto, não conseguia comer. Fiquei mais magra. Tenho certeza que encolhi. E então acreditei na verdade que até hoje carrego, que é a verdade, para mim, mais absoluta. Se eu tivesse contado sobre Túlio, sobre a noite em que ele mostrou o pinto pra mim, nada disso teria acontecido com Juliana.

Porque o assunto dos pintos forçados contra meninas viria à tona, porque seria uma polêmica, um falatório, uma acusação contra mim, eu que seria a sem-vergonha que estava sozinha com um menino. Não minha irmã que era safada porque estava sozinha com meu pai. Quantas vezes pedi a Deus querendo voltar apenas algumas semanas e contar pra todo mundo o que Túlio tinha feito. Segurar o rosto de Juliana com minhas mãos e falar para minha irmã que aquele menino que ela tanto gostava não valia nada. Não valia Juliana. A Juliana.

Minha mãe deixou meu pai fora de casa por um tempo, mas depois permitiu que voltasse. Aí todas as mães da rua proibiram que qualquer garota fosse amiga de minha irmã. Eu quis voltar, ser a amiga que ela precisava, mas vó não deixou. E se meu pai descontasse em mim? Eu não sabia, eu só queria minha irmã. Ela precisava não estar só.

Soube que vinha descendo a rua com uma sacola de pães e uma menina que não gostava dela gritou "pelo menos meu pai não é estuprador". Não faço ideia de onde isso veio, o que causou a briga, se isso foi completamente gratuito. É claro que foi. Eu também confiava no meu pai antes disso acontecer.

Tudo virou uma água preta de esgoto na minha vida. Não se passavam muitos dias, mas eu sentia como se fossem meses. Cada hora que Juliana não estava comigo, que eu não sabia dos seus sentimentos, do seu bem-estar físico, eu queria morrer. Se eu morresse, talvez Juliana me perdoasse. Por ter passado a impressão de que eu queria Túlio e por ter escondido o que Túlio realmente fez. Eu teria salvado minha irmã. Eu teria.

Mas quando ela chegou na casa de vó, não parecia me odiar ou achar que eu era responsável por tudo que aconteceu. Não sei se ela pensava em Túlio, se a cabeça dela tinha espaço para isso. Eu olhei para os olhos da minha irmã e vi uma Juliana ainda mais velha do que aquela que eu conhecia. Não era mais a garota que tinha muita força. Era uma casa com telhado quebrado, mas com gente ainda morando dentro.

Cachorro de quintal

Eu me arrependo dos cachorros que tive.

Já não conheço as casas das pessoas como conhecia quando era mais jovem e muito mais sociável, porém, quando eu tive meus primeiros cachorros, ainda conhecia. Costumava tomar café com os vizinhos enquanto me balançava em suas cadeiras de macarrão e era certa a presença de um cachorro no quintal.

Presos a suas correntes médias, eles latiam para quem chegava. Latiam para que se fizessem notar. Como se dissessem que estavam sabendo da visita, que talvez não gostassem daquela pessoa, de seu cheiro, de sua índole. Não eram cães de guarda, eram apenas latidos.

Estavam presos, acorrentados, relegados ao final do lar, ao último dos cômodos, ao que não era cômodo, porque ninguém que era gente colocaria uma cama para dormir naquele espaço e ninguém que era importante seria convidado para comer um bolo recém-saído do forno no mormaço do quintal.

O quintal era o espaço das roupas e dos cachorros que secavam.

Uma das minhas vizinhas tinha um quintal de terra batida e terreno irregular. De um lado, um amontado de ferro velho pedindo a carne desavisada de alguém, do outro um tanque de lavar roupas e, ao centro, Rex, com seu nome ridículo e sua cara de cachorro de quintal.

Rex tinha uma corrente presa a sua pata traseira esquerda. Passava a maior parte do tempo deitado debaixo de um teto improvisado com telhas quase apodrecidas, perto de um prato de água, que era uma vasilha de goiabada, e de um prato de alumínio onde era despejada sua comida — restos do almoço das pessoas, uma ração horrível comprada a granel e ossos cozidos.

Hoje sei que ossos cozidos podem matar os cachorros, mas, naqueles tempos, acreditávamos que cachorros aguentavam qualquer coisa. Aguentavam perfurações, aguentavam trinta e oito, quarenta graus, aguentavam chuva e chão de terra que virava lama. Aguentavam a solidão diária de um quintal onde as pessoas só apareciam para lidar com a sujeira e arrancar os panos limpos aos gritos de "a roupa no varal".

O cachorro era um item comum de uma casa, um artigo automático de um quintal de família. O cachorro que tinha um quintal, na cabeça de alguns, provavelmente era mais feliz do que o cachorro solto na rua, jogado à sua própria sorte.

E eu encontrei muitos desses cachorros. Na nossa rua, eram vários. Latiam para os carros e motos que passavam e nós achávamos engraçado, comentando que, se os carros parassem, os coitados dos cachorros não saberiam o que fazer. Hoje penso que talvez pedissem socorro, que por favor as máquinas os levassem antes que alguém os colocasse para dentro.

Vi cachorro no mercado central que tentava roubar carne crua caída no chão, mas era xingado e levava bicuda. Saía catando qualquer coisa comestível. Magro, com as costelas avistáveis, morada de pulgas e carrapatos. Não era cachorro de quintal.

A minha primeira foi Bolinha.

Além de um nome sem nenhuma originalidade, batizado pelo único motivo de ter uma mancha em formato de bola na barriga branca, Bolinha tinha dois pratos de goiabada e morava numa área do quintal cercada por um muro e fechada por um portãozinho de ferro.

Quando alguém chegava, ela pulava para enxergar além do muro, usando as patas da frente pra tomar impulso, e latia até que eu gritasse "cala a boca", proibindo sua voz.

Hoje eu sei que Bolinha latia, cavava e me fazia outras raivas para chamar atenção, para ganhar meus olhos e minhas palavras. Se não fosse assim, não ganharia parte alguma de mim.

O que mais me dói é lembrar que quando eu era mais nova, quando pegamos Bolinha, éramos até bastante próximas. O quintal não era um cômodo de última categoria, ainda não existia um muro que separava o país de Bolinha do nosso país. Eu gostava de Bolinha como gostava da ideia de ter uma cachorra; eu lhe fazia carinho, coçava suas orelhas, lhe dizia "que linda, que bonita, que engraçadinha".

Era filha única e Bolinha minha melhor amiga. Quem me acompanhava até a mercearia, quem sentava ao meu lado para me assistir no choro depois que eu apanhava. Por algum tempo, eu tinha Bolinha. Depois esqueci de tudo, quando meu irmão nasceu.

Minha mãe ficou paranoica com bactérias e nervosa com o trabalho que era cuidar de um bebê. Bolinha, que tinha o privilégio de entrar em casa, foi transformada em uma cachorra de quintal.

E eu peguei abuso dela.

Uma certa raiva, um pouco de ressentimento porque tinha que cuidar de suas necessidades, fazer tudo o que antes minha mãe fazia. Catar sua bosta, encher seu prato de água, cozinhar sua comida. Muitas vezes esqueci de lhe dar o que comer e beber. Bolinha não chorou, não pediu.

Morreu de doença, que não sei qual foi, porque nem mesmo a levamos ao veterinário. Esperamos morrer, como a maioria das pessoas que conhecíamos fazia.

O quintal ficou vazio, aguardando o próximo cachorro de quintal, e então veio Fielzinho, dado por uma amiga que teve uma cachorra prenha e saiu distribuindo as crias.

No fim das contas, Fielzinho durou quatro anos. Foi picado por um escorpião, morreu abaixo da média. Senti muita pena, falei com meu pai que nunca mais ia pegar cachorro, e a promessa durou.

Mas era normal ter cachorro, era comum. O cachorro podia alertar se um pilantra pulasse pra dentro do seu quintal. O cachorro era parte do que era uma casa, o cachorro pé-duro. E aí meu irmão pegou o terceiro, que foi Lambido.

Esse viveu bastante do seu miserável cativeiro.

Quando lembro como vivia estressado, a ponto de roer as próprias patas até tirar sangue, sinto vontade de roer as minhas.

Acho que ele vivia enlouquecido entre o desespero de sua tortura lenta e as brigas intermináveis que aconteciam a poucos metros de onde ele deitava sozinho.

Nossa casa era um lugar triste de habitar. Meu irmão não respeitava ninguém e me acusava de ser a favorita dos nossos pais. Talvez eu fosse, mas não por escolha minha, não por tentativa ou esforço. Eu apenas não destruía tudo o que estava na minha frente. Apenas não era uma pessoa tão ruim assim. Era ruim na medida em que criava cachorros em quintais. Mas não ruim como meu irmão.

Lambido chegou a apanhar dele, por ter mostrado os dentes para uma das suas namoradas. Levou três chutes nas costelas, não sei como não foram quebradas, e nunca vou esquecer seus gritos finos furando meus ouvidos.

Eu não tive coragem de questionar a atitude de meu irmão. No dia, me dei a desculpa de que não valia a pena arriscar minha segurança por causa de um cachorro. Porque com cachorro era assim mesmo. As pessoas faziam isso.

Meu irmão dizia que cachorro tinha que colocar o rabo entre as pernas e aguentar o ensinamento de seus donos. Era no chute, no grito. No meu caso, algumas vezes, no esquecimento dos pratos vazios.

Se eu pudesse voltar, gostaria de ter dado uma chance para os cachorros que tive. Uma chance de que fossem como os cachorros da rua e os cachorros do mercado. Ainda que buscando abrigos incertos, ainda que catando comida pelos lixos, tentando roubar pedaços de carnes, muitas vezes fugindo de gente ruim, outras vezes dando a sorte de encontrar gente boa.

Eu sei que essa vida também não é bonita, mas, naqueles tempos, quando eu tinha meus cachorros de quintal, talvez fosse menos cruel.

Hoje sei coisas melhores do que sabia. E saber melhor me atormenta. Eu me arrependo de todos os cachorros que tive, assim como me arrependo de ter deixado meu irmão controlar nossa família com seus ataques de agressividade. Sobretudo, me arrependo de não ter protegido Lambido, de não ter corrido para seu lado quando ele chorou a agudeza de sua dor.

O que eu sei, sem dúvida alguma, é que os cachorros de quintal gritavam fino e provavelmente guardavam aquela mágoa, aquela tristeza, até o dia em que morriam. Talvez se lembrassem de quando chegaram e receberam seus nomes, acreditando que aquilo era uma identidade, um contrato de cuidado e companhia.

Um nome que viria com um sobrenome-teto, sobrenome-sala, saborenome-convivência.

Bordado em branco

Querida tia Liduína,

Hoje é um dia péssimo, como a senhora sabe. Setembro é, invariavelmente, um mês em que sinto meu corpo doer. Em meus pés, tenho dores que, imagino, parecem dores de quando pregos são martelados contra a carne. Minha cabeça lateja e, se o seu interior pudesse ser visto, certamente pareceria com o asfalto quente que se mexe e dança em contato com as altas temperaturas. Esse mês é tão ruim.
Estou sentada no alpendre, esperando pelo vento.
Mamãe diz que é perda de tempo esse meu sentimentalismo com as cartas, mas não há outra maneira de falar com a senhora, então eu trouxe a mesa do meu quarto para fora e também um tamborete que papai arranjou.
Todos andam afastados de mim nos últimos meses. Ando pela casa com meu caderno muito junto ao corpo, protegendo suas folhas, porque sei que me julgam. Querem ler o que lhe conto ou querem que eu pare de uma vez por todas, mas não posso. A senhora é a única que compreende, o que é a maior ironia de todas.

Querida tia Liduína,

Mamãe gosta de repetir que eu nunca fui uma menina fácil. Dá muita ênfase ao "menina", porque jamais usaria a palavra "criança". Uma criança é normal, mas uma menina é pavorosa. Uma menina que suja o vestido branco, larga os sapatos de couro pelo sítio.
Eu nunca fui a menina que mamãe desejou, a senhora sabe. Mas com o tempo aprendemos a nos aceitar. Eu também aprendi a abraçá-la com suas futilidades infinitas.

É mais fácil ser adulta, tia, porque deixamos que todas as coisas se enfiem por debaixo. Damos novas regras à brincadeira de esconde--esconde; quando estamos mais velhos, tudo o que queremos é que as verdades, os defeitos insuportáveis, o que os outros não foram capazes de ser, tudo isso encontre o lugar da casa que é menos visível, menos frequentado. Que lá fique, habite e pouco seja alimentado.

A senhora talvez não saiba, tia, mas isso tudo me lembra um pavão. É uma comparação incomum, eu sei. Mas sempre tive medo de pavões quando a noite caía. Aqui no sítio eles sempre cantam e ecoam na escuridão. Quando eu era apenas uma menina e tentava dormir, achava que os pavões eram assombrações. Perguntava para mamãe de onde aqueles sons vinham e ela respondia que não eram nada. Papai dava risada de mim.

Por algum tempo, foi traumático. Depois foi transformado em rancor, como isso tudo que chamamos de verdades, defeitos dos outros, peças familiares em sutil movimento.

A senhora gosta de pavões, tia? Não sei se a senhora sabe, mas os machos precisam se exibir para as fêmeas, por isso possuem aquelas caudas coloridas enormes.

Eu gosto de caminhar pelo sítio recolhendo as penas que eles soltam, coloco todas em vasos altos. É uma forma de enfeitar a raiva que ainda tenho.

Tia Liduína,

Ontem papai trouxe uma barra de doce de leite para mim. Lembrei de quando mamãe me levava ao mercado para comprar carne e eu sentia um horror imenso vendo os pedaços de boi pendurados. Não queria comer carne de nenhum tipo, muito menos de galinha, porque era muito apegada às galinhas que criávamos no sítio, mas mamãe me ameaçava, enfiava a colher na minha boca, às vezes batia na palma da minha mão com a colher de pau e dizia que papai nunca mais me daria bonecas.

No dia do aniversário de setenta anos de vó Cícera, eu tinha um prato de bife de fígado diante de mim, e esse prato parecia gigantesco. Comi toda a comida que acompanhava o fígado e pensei em levar o prato de fininho para a cozinha, mas mamãe me flagrou e me obrigou a passar o aniversário inteiro sentada ao lado do fogão a lenha, no chão, com o prato no colo, até que eu comesse tudo.

Chorei tanto que a gola do meu vestido ficou ensopada, mas acabei comendo, quase sem mastigar, e fui correndo vomitar no banheiro do corredor.

Quando saí, ainda com a cara molhada, todos estavam em silêncio, me encarando. Vó Cícera com a expressão muito decepcionada, já que ela mesma tinha fritado o bife.

Mas nem todas as lembranças são ruins.

Antes de entrar no mercado, sempre comprávamos linhas e botões numa pequena lojinha, e mamãe me deixava escolher as continhas que ela usaria para enfeitar meus vestidos brancos. Eu amava os bordados que ela fazia nas minhas roupas; hoje percebo que enxergava seu tempo dedicado aos meus vestidos como um tempo dedicado a mim. Muito mais tempo do que me dava em conversas, carinho ou qualquer forma de aprovação. E eu gostava tanto de estragar aqueles vestidos com toda a terra do sítio.

Também me lembro dos sacos de feijão e arroz a granel e de como eu adorava enfiar o braço o mais fundo que eu conseguia para sentir os grãos perdendo a conta na minha pele.

Já as barras de doce de leite eram semanais e eu só podia comer um pedacinho por dia, um pedacinho dado por mamãe com muito cuidado, e que eu me deliciava combinando com um copo de água gelada.

As coisas poucas são doces, tia.

Ontem papai me deu uma barra inteira e disse que queria me ver sorrindo de novo.

Senti pena de papai. Ele está velho como os velhos que apenas recordam felicidades.

Querida tia,

Estive pensando em aprender a bordar.

Eu sei que a senhora acha isso muito engraçado, mas eu não tenho muito que fazer e não sinto vontade de sair. Não quero ir ao cinema, porque acho todos os filmes iguais. Não me interesso por conhecer pessoas novas nem cultivar as antigas. Além do mais, as que já me conhecem me evitam e dizem a papai que a vida é tão ocupada.

A senhora sabe.

Passo muito tempo no alpendre ou caminhando pelo sítio. Na quinta-feira, perdi a noção do tempo e fui longe demais, para além da porteira, e acabei voltando para casa na escuridão completa. Não tive medo, mas papai passou mal. Ficou deitado com mamãe na cama, os dois desfiando o terço, aquele cheiro de pessoas que quase desistem dos seus corpos.

Talvez se eu aprendesse bordado, poderia pegar alguns dos meus vestidos de quando era criança e enfeitá-los novamente. Ou enfeitá-los ainda mais, deixando tudo mais colorido. Acho que seria divertido e que mamãe ficaria alegre.

Ultimamente penso em lhe dar alguma alegria.

Querida tia Liduína,

Escrevo tarde, já passa de meia-noite. Acordei de repente, ouvindo o grito de uma rasga-mortalha.

Há muito tempo não ouvia uma, tia. Meu coração sente o impulso de se esconder. Tive medo pela primeira vez em muito tempo, um medo de abrir os olhos, um medo de que alguém me visse em pé, medo de que alguém me visse escrevendo essa carta e pudesse me impedir.

Abri a janela do meu quarto. Não é possível enxergar as estrelas. Tudo parece adormecido em definitivo e nada jamais voltará ao mundo. Tudo fugiu. Meu coração também quer ir.

Tia, a senhora também ouviu o grito de uma rasga-mortalha?

Amada tia,

Agora que se passaram oito dias, papai está mais calmo e seu corpo encontrou paz. Ele já se deita sozinho e não chama por mim no meio da noite. Sente falta de mamãe, de tomar café junto, assistir ao jornal, fazer todas as coisas de tantas décadas.

Não tenho muitas palavras. Estou procurando pelas crianças que se esconderam nos cômodos pouco habitados da casa. Sinto que é hora de lhes dar atenção.

Caso mamãe esteja ao seu lado, tia, por favor, diga-lhe que comecei a bordar sua camisola branca.

Amor com cabeça de oito

Seu Manéu era o carroceiro da nossa rua e também o único carroceiro que eu conhecia. Quando eu tinha oito, não entendia que quando um pai de família é carroceiro isso quer dizer que ele não tem muita escolha de sustento. Na minha cabeça de oito, ser carroceiro era algo incrível, uma profissão de controle, um ser dono de uma carruagem própria, mas é claro que eu também não pensava na malvadeza que era pro coitado do jumento, que puxava no espinhaço um monte de tijolo, de mudança, de terra, de qualquer coisa empilhada que obrigassem o jumento a puxar.

Feito um pai de família sem opção de sustento, o jumento era condenado a sustentar um peso que não era seu. Mas eu, com minha cabeça de oito, achava a carroça maravilhosa, rangendo rua acima e rua abaixo, contando histórias de onde vinha.

Minha parte favorita da carroça era pegar bigu. Pendurar o corpo contando com minha própria força, com a boa vontade do meu braço e a prova da minha coragem. Mesmo que se falasse que pegar bigu não era coisa que menina fizesse. Quanto mais se falava, mais eu fazia. Pegava carreira de longe quando ouvia a carroça falando e me atirava na traseira. Seu Manéu se abria. Ô menina danada.

Dentro da minha cabeça, eu mandava tudo pra baixa da égua. Fazia uma ruma de coisa que o povo falava pra não fazer. Soltava carrapeta e raia, batia figurinha no bafo, torcia pelo Flamengo, jogava bila e brigava por causa de futebol, ainda mais com Danilo, que torcia pelo Corinthians. Eu só vivia com os meninos, mas também brincava com as meninas. Brincava muito de Barbie e de bola. De bola todo mundo brincava.

Já pegar bigu na carroça era coisa pra pouca gente, porque o pai de Gabriela que era o carroceiro e só quem andava mais com Gabriela era quem podia ir junto na carroça.

A gente ia em cima mesmo, sentada, olhando casa, bar, budega, terreno, brejo. A gente se sentia como se fosse numa viagem, contando paisagem, inventando história sobre o povo que ficava pra trás. Falando por mim, eu me sentia importante, sentava no topo da carroça, sendo puxada pelo jumento que era guiado por seu Manéu. Ele tangia o jumento, indicando o passo certo, e o bicho obedecia. Só faltava a carruagem fechada e um vestido de princesa. Isso porque eu sempre fui boa de inventar coisa na minha cabeça, e em cima da carroça dava tempo de inventar tanta coisa. Depois, na volta, a gente tinha que vir bem espremida porque dividia o espaço com meio mundo de coisa. Duas meninas e um monte de terra. Duas meninas e uma geladeira réa. Duas meninas e muito tijolo. E mais o seu Manéu dizendo ô, ô, ô. Coitado do jumento.

Seu Manéu era gente boa, a mãe de Gabriela é que parecia carregar uma cruz diferente todo dia. Era certeza que você ia encontrar aquela mulher com cara baqueada ou de raiva, dava até pra apostar e ganhar dia sim, dia não. Toda a vida mandava a gente embora da casa dela, ainda mais em hora de almoço e janta. Hoje eu sei que ela fazia isso porque devia ter pouca comida, mas com minha cabeça de oito eu não sabia. Só de vez em quando que ela fazia alguma coisa pra todo mundo, que nem uma vez que fez um creme de caju bem geladinho. Ficou todo mundo tão feliz, sentindo a língua descansar, que quase não se acreditou. Aí eu vi Gabriela pába, viu. A pobre.

Na minha casa também não tinha tanto de comer sobrando, mas minha mãe nunca mandou ninguém simbora. O que ela fazia era botar a comida numa bacia parecida com as bacias de colocar calcinha de molho. Aí na bacia ficava misturado o arroz, o feijão e uns pedaços de carne de sol, porque essa era a comida que a gente mais comia. Pelo menos de mistura. Mainha agradecia sempre a Deus que nunca faltava mistura. Aí ela botava tudo na bacia, dava uma colher pra cada e dizia pra gente comer junto. Era aquilo e pronto. Então eu pensava direitinho antes de chamar mais de uma amiga lá pra casa na hora da janta, porque senão eu ia dividir com mais gente e comer menos. Cada boca era um espaço maior na barriga, uma lombriga que depois me deixava sem dormir direito. Mainha sempre foi inteligente. Diz que puxei a ela.

Mas uma coisa que eu gostava de fazer de muita amiga era tomar banho. O banheiro lá de casa era todo no azulejo branco, uma coisa bonita, com pia nova e um armarinho daqueles que abre e tem lugar pra guardar escova. Eu sentia o maior orgulho de chamar Gabriela e Corrinha pra tomar banho comigo.

A gente danava xampu no chão e ficava escorregando que nem fosse um toboágua. Tampava o ralo com roupa e deixava encher um pouco. Não era fundo, mas dava uma alegriazinha. Melhor do que tomar banho em banheiro que era no cimento, ralando.

Corrinha era minha melhor amiga. Quando era domingo, a gente acordava bem cedinho e saía pra calçada. Quem saísse primeiro tinha que começar a cantar alto pra outra escutar e sair também. Foi uma brincadeira que eu não sei como começou, mas a gente fez um dia, depois outro, depois outro e nunca mais parou.

A gente ficava conversando e catando cipó verde, ou ela levava um rádio pra fora e a gente torcia pra tocar Xibombombom e É o tchan. Eu gostava muito de dançar e de cantar, ainda mais depois que beijei Tiago, que tinha quatro anos mais que eu.

Tiago era tão bonito que chega me dava vontade de morrer. Quando eu via Tiago tinha um desespero bem no meu umbigo, um fogo de correr, de rolar no chão, de bater na minha própria cara, de fazer qualquer coisa muito doida, porque eu nunca sabia como guardar o que eu sentia. Parecia que tudo ia explodir ou sair vazando, parecia que ia acontecer que nem quando chovia e a rua inteira ficava parecendo um rio. Parecia que eu queria morrer, mas eu queria ficar viva pra olhar a cara de Tiago.

Eu nunca tinha beijado, só tinha visto mesmo na televisão como todo mundo, e meu primeiro beijo aconteceu do jeito que quase sempre acontece. Fui brincar de "caí no poço" e chegou minha vez de escolher a fruta, se era pera, uva, maçã ou salada mista. Aí me falaram que eu só podia escolher salada mista. Tinha só Tiago ou o irmão de Gabriela, mas o irmão de Gabriela eu achava uma trepeça que vivia com o pé sujo de barro e a chinela torada. Tiago tinha aquela cor bonita, parecia até um troféu cor de ouro. Então eu escolhi ele, só que eu disse que não sabia beijar. Ele falou que tudo bem, que me ensinava.

Pois eu lembro muito bem que ele me levou pro muro de trás da minha casa e falou pra eu fechar o olho. Eu tava tão nervosa que parecia que ia me cagar, porque quando eu fico nervosa eu tenho logo caganeira, mas ainda bem que não aconteceu nada. Minha barriga se comportou do jeito que ela conseguiu. Eu só fechei o olho e levantei um pouco a cabeça, porque ele era mais alto que eu, aí ele abaixou um pouco a cabeça e me deu um beijo de língua. Chega eu fiquei pensando naquele beijo por uma semana, até mais. Eu queria mais que tudo beijar Tiago de novo, ave maria.

Era engraçado, né, eu pensando em beijo de língua e brincando de Barbie e de bater figurinha no bafo. Eu brincava de bater figurinha no bafo com Tiago, o irmão de Mariana, com Danilo, João, todo mundo. Eu virava as figurinhas do Dragon Ball pensando no beijo de Tiago. Tava morta de apaixonada, a pobre. Ouvia as músicas da rádio pensando nele. Coitada, música falando umas coisas nada a ver. Mas sabe como é, com cabeça de oito, a gente pensa que é amor. Eu achava que era, eu sentia que era, porque eu até chorava. Tinha noite que eu nem dormia pensando nele. Pensando se ele gostava de mim também. Se a barriga dele parecia que queria gritar, se o dente dele sentia uma coceira estranha, se o olho ardia de tanta água que queria escapar. Eu queria saber se ele sonhava comigo, se um diazinho que fosse ele olhava pra figurinha que tinha ganhado de mim e pensava no beijo que a gente deu atrás do muro da minha casa, com as duas cabeças se esforçando pra se encontrar e as duas línguas se abraçando no molhado.

Num dia eu achava que ele gostava, no outro achava que tava só tirando onda com minha cara. Uma vez eu cansei daquela munganga. Vi ele descendo a rua de bicicleta e gritei "ô, Tiago, por que você não vem me beijar hein?". Se ele não me beijasse ficava feio pra ele, né. A menina ter que chamar assim. Pois ele deixou a bicicleta em casa, veio e me apertou na parede da budega. O beijo foi tão bom que chega foi alto, todo mundo escutou e ficou mangando. Disseram que arrancou pedaço do reboco.

A gente se beijou mais, outros dias, só que era sempre espaçado, demorava. Eu tinha que ir atrás. Parecia que ele só tava de onda mesmo e que eu era uma jumenta carregando uma carroça de amor. Aí eu já tinha uns dez, ele tinha catorze.

Eu ainda era amiga de Corrinha, seu Manéu não era mais carroceiro, tava trabalhando como vigia. Minha casa tava toda reformada. Todo mundo tava melhor de vida, a rua mais bonita, toda casa tinha parede pintada. Eu penso que não faltava mistura no prato de ninguém. Mas Tiago foi se meter com o que não presta, andar com umas figuras de outro trecho.

Ele apareceu com uma moto preta, disse que tinha comprado usada. Ficava estralando o barulho do cano, até quando era de madrugada e tava todo mundo dormindo. Se você acordasse no pinote com barulho de moto, certeza que era Tiago. Eu só ouvia a mãe dele gritando lá de cima da rua quando ele descia. Era tanto nome feio. Acho que pra não ser xingado ele passava uns dias sumido.

Mas a polícia começou a bater mais lá no nosso trecho. Primeiro o carro dava só uma passada por dia, depois a polícia ficou perguntando por ele, perguntando coisa pra mãe dele. Passavam de carro, passavam de moto. Uma vez passaram tudo de preto, com cada arma do tamanho de um menino, que todo mundo ficou com mais medo ainda.

Pouco tempo depois chegou a notícia que Tiago tinha morrido de acidente. Não sei dizer como, porque ninguém me contou direito e eu também não fui perguntar.

Mainha disse que ele fez aquilo tudo porque não tinha pai, porque se tivesse a figura de um pai de família ele não tinha se metido com coisa errada. Eu nunca pensei muito nesse assunto. Não vejo futuro em dizer isso ou aquilo. Só quem sabia da vida dele era ele mesmo.

Na minha cabeça de hoje, lembro de Tiago de vez em quando.

Got a flamin' heart, can't get my fill

O calor sempre me incomodou de maneira anormal. Alguns reclamam do verão e das temperaturas altas, mas a verdade é que, para mim, mesmo os vinte e cinco graus de um dia ameno podem ser torturantes. Vivendo aqui, todos os dias são dias de masmorra. Claro que não apenas pelos graus que se impõem contra a cabeça, mas tudo precisa começar de algum ponto. E, por isso, até mesmo a busca pelo esvaziamento me parece uma punição.

Se por um só segundo eu acreditasse, poderia crer, por um só segundo, que minha missão é teimar. Teimar de todas as formas possíveis, dentro de todas as variedades, teimar e insistir, contrariar e contradizer.

Jamais poderia imaginar que estive ali. Naquele lugar óbvio demais. O lugar óbvio de uma mulher louca.

Tomei uma saída sinalizada, segui uma placa luminosa. Fiz exatamente aquilo que jurei nunca fazer. Por essa perspectiva, posso dizer que teimei comigo mesma, me contradisse, me contrariei.

No entanto, encarei minha face deformada muito cedo. Acho que nasci com as respostas nas mãos e nunca as soltei. Cresci enquanto as segurava e já muito cedo estava consciente do que eu era. Imprimi folhas e mais folhas de possibilidades. Encontrei os códigos que traduziam os hábitos. Vomitar depois de comer, humor instável, uma personalidade que não era personalidade, agressiva, raivosa, rejeitada. Não precisei pesquisar muito, não fui jogada de um lado para o outro, como muitos são. Sem muita dificuldade pude me reconhecer, apontar com o dedo meio falho, meio firme, quais eram os números e as letras que explicavam minhas veias grossas, entaladas de mentiras, de gritos contra paredes, de olhos abertos demais. Mais abertos do que qualquer ser gostaria de ter.

Antes de tomar a estrada óbvia, eu tentava me esvaziar caminhando pelas ruas, debaixo do sol quente, muitas vezes, acreditando gastar um pouco do bestial que me perturbava. Saía com fones de ouvido, sem nunca me lembrar de levar água, e andava sem rumo. Depois soube que esse era apenas mais um sintoma.

Porém, quando ainda era o começo, eu fazia o que sabia — que era muito pouco. Fazia o que era possível para quem não tinha muitas escolhas. Hoje sei que eu poderia ter fugido, que poderia ter me internado voluntariamente, que poderia até mesmo ter me matado, se um pouco mais de coragem fosse matéria orgânica do meu útero. Gerador de impulsos. O que eu escolhi mesmo foi esperar.

Esperei que o caminho óbvio fizesse efeito. Sentei com os pés nervosos diante de um médico qualquer, o único que soube disponível, e contei que já não conseguia parar de vomitar e de desejar a morte. Coisas anormais, certamente. Qualquer pessoa concordaria. Qualquer médico atestaria. E de fato saí da sala com cheiro de carimbo, alguns números e talvez uma esperança tão pequena que não se podia ouvir.

Comprei os remédios e, pela primeira vez, me lembrei de levar uma garrafa de água comigo enquanto arrastava meus pensamentos pelas calçadas descontínuas do centro da cidade.

Já era noite, não havia mais o volume desesperado das pessoas que vivem. Os portões de ferro estavam abaixados, um mendigo cochilava contra um poste, poucos carros passavam. Eu não tinha rumo, apenas dois comprimidos sendo sugados pelas células famintas do meu corpo.

Falei com César sobre aquela decisão medíocre, típica de quem não sabe de si e não sabe do mundo. Ele não concordava comigo, achava que era um passo importante. Mas, César, meu bem, de passos em falso são feitas todas as importâncias do mundo. Pequenos erros entre pedras muito bem colocadas. Torcidas de pé, tornozelos inchados, pernas quebradas. Ele ria do meu jeito horrível. Que jeito horrível, Luana. Ele ria, e a risada dele era uma música de três acordes tocando meus tímpanos.

Quando o conheci, estava num lugar tão podre que finjo não lembrar em detalhes. Ele me viu sentada na grama de uma festa qualquer e achou uma boa ideia sentar ao meu lado, puxar assunto. Black Dog tocava e Led Zeppelin se tornou nossa propriedade. Qual seu nome, está gostando, seu cabelo é lindo, seus olhos. Eu já tinha mais de um litro de álcool me carregando por aí, de modo que a beleza de César estava vinte vezes aumentada. Talvez a minha também. E o que se desenrolou a partir daquela noite foi uma série de encontros, brigas e abrigos impossíveis de abandonar.

Nossos corpos colidiram e se fundiram. Duas pessoas se encontraram na loucura, condenadas à autodestruição. Ele condenado a minha insanidade, eu jogada ao purgatório de suas neuroses. Era nosso acordo, não querer viver, mas continuar vivendo.

Desde o início, desde o chão. *Ah ah child, way ya shake that thing, gon' make you burn, gon' make you sting.*

E muitos podem dizer que tudo não passava de uma doença, de algo que transbordava violência. Alguns disseram. Mas a realidade é um teste maior do que nossas convicções políticas e morais. A realidade é um quarto onde um corpo se joga contra as paredes e, se outro alguém entra, certamente ficará para sempre enclausurado entre a culpa de abandonar e a dor de se ferir junto enquanto tenta impedir os impactos.

Naqueles dias em que eu testava os remédios, César ainda tentava segurar meu corpo. Eu também tentava parar. E segurando meu corpo, César disfarçava sua própria vontade de se destruir aos poucos.

Eu não acreditava na eficiência das drogas prescritas, mas ainda assim todos os dias engolia minhas doses recomendadas. Água, comprimidos, caminhada, músicas. Quando algum efeito começou a despontar, a primeira coisa que se tornou dormente foi a minha raiva. Por mais que eu quisesse xingar o sol, odiar o calor, olhar com desprezo para as pessoas lentas que andavam distraídas pelas ruas, a minha cabeça respondia com uma linha reta nunca antes experimentada. Minha raiva havia se transformado em uma nota média, um tom morno.

Para quem estava ao meu redor imediato, consigo compreender que o sequestro da minha irritação tenha sido algo maravilhoso. Um presente divino. E quando eu descrevi a novidade para César, com todo o vocabulário merecido, a risada de sempre me abraçou por um minuto inteiro. *Hey hey baby, when you walk that way, watch your honey drip, I can't keep away.*

O abraço de César era uma certeza, uma toca para onde eu podia fugir.

Nossos encontros não eram tão frequentes. Na maior parte do tempo, trocávamos e-mails e mensagens. Em dias ruins, os e-mails eram gigantescos. E não importava com quem César estava, com quem eu namorava, quem eram as outras pessoas orbitando nossas vidas. Éramos um do outro.

Quando nos tocávamos, às vezes depois de dois ou três meses, era quase possível enxergar o fogo riscando nossos corpos. Seu cheiro, Luana, você tem um cheiro de mulher. E por mais que eu achasse isso absurdo, algo saído de um pornô de roteiro sofrível, o fato de que a voz dele gemia essas palavras fazia meus músculos se contraírem.

Mesmo sabendo.

Com os meses se passando, os remédios se adaptaram ao meu organismo. Com isso quero dizer que não me adaptei aos remédios, mas eles fizeram alguns efeitos esperados. Um deles foi a interrupção dos vômitos, o que me devolveu cerca de quinze quilos. E além da raiva sob controle, eu também conseguia ter uma rotina mais ou menos normal.

Todo mundo estava notavelmente satisfeito, menos eu.

Não sei se é possível explicar o que sentia naqueles dias, ou o que sinto até mesmo hoje, mas posso dizer que eu sentia saudades de mim. Eu sentia falta da pessoa que eu era quando eu olhava profundamente para a morte e encontrava conforto na certeza do nada. Sentia falta da limpeza que os expurgos me traziam. Eu me sentia lavada de maneira filosófica, como se eu fosse capaz de fazer as perguntas certas, mesmo que não pudesse respondê-las.

Hoje percebo que se apegar ao seu eu destruído é mais comum do que os outros pensam. A maioria das pessoas, quando consegue desenvolver alguma empatia pelos loucos, imagina que mentes doentes desejam a cura absoluta, a felicidade, os sorrisos aos domingos e a vida comum de quem constrói uma sociedade produtiva. Pois o verdadeiro desafio em aceitar e amar os loucos está em enxergá-los amantes da vontade de ver tudo pegar fogo.

E eu sempre fui incendiária.

Aprendi a fazer labaredas, e César me trazia mais coisas para que queimássemos juntos. Do mesmo modo que eu sentia falta de quem eu era, ele também sentia. Porque antes, antes dos comprimidos, antes da linha reta que minha ira virou, eu tinha paixão para entregar e tocar sua mente remexida. Eu pegava seus cacos com minhas mãos, chacoalhava tudo e jogava para o alto. Depois catávamos juntos, entre beijos. *With eyes that shine, burnin' red, dreams of you all through my head.* Sempre isso, sempre parecido, mas sempre intenso da forma mais incrível.

Eu queria voltar a ser quem eu era quando nos encontramos.

Eu me puno desde muito menina e de formas sempre criativas. Considero que me puni quando procurei aquele médico incapaz de me olhar com mais atenção. E decidi me flagelar com o abandono dos medicamentos que me permitiam ser um pouco mais comedida e funcional.

Quase tudo que larguei, larguei por vontade de me ver definhar.

O César, nunca deixei ir. Ele permaneceu, durou, ficou. Dançávamos no silêncio, quebrando tudo ao nosso redor. Só pra depois deitarmos no meio da grama, no meio do quarto. César insistiu de muitas formas e me amou até o fim.

Daquele jeito entre a culpa e os hematomas, segurou meu corpo enquanto pôde, enquanto também tentava se segurar. Nisso consigo enxergar uma beleza infinita.

Hoje, mesmo que eu coloque fogo nas coisas, em tudo que me cerca e em mim mesma, deixo que a labareda cresça para em seguida extingui-la. Faço isso por César.

Ainda caminho pelas ruas com meus fones de ouvido. Quando lembro, levo água. Meu corpo está em carne viva. Tem os cortes que ele me impedia de fazer. Vinte e sete quilos a menos, olheiras roxas, o cabelo fino muito diferente do cabelo preto que ele elogiou.

Tenho raiva e a raiva me segura. Não mais os braços dele. Não sinto vontade de dançar e as paredes não são acolchoadas. Não quero ser voluntária para uma tentativa de melhora, porque sei, pelas estatísticas, que esse é um conto perto de acabar.

Eu só quero caminhar. Desviar das pessoas. Queimar até que meus ossos apareçam. Guardar comigo a imagem daquele que tentou de todas as formas permanecer.

Hey baby, oh my baby, my pretty baby, move the way you're doin' now.

Viração de tempo

Não tinha hora certa para aparecer. Vinha quando o tempo virava, e perceber a viração do tempo é habilidade nossa. Quando entendíamos a mensagem, algumas pessoas já saíam para a rua, impelidas pela curiosidade escrachada. Eu saía pela curiosidade sofrida.

Sentava no batente da porta e tentava adivinhar de qual lado ela viria.

Quando vinha do lado esquerdo, que era o lado do centro da cidade, sempre estava mais transtornada. Agitada, gritando com seus fantasmas, muitas vezes seminua. No centro, as pessoas não têm paciência. Quer dizer, ninguém tem paciência em parte alguma, mas no centro estão todos tentando brincar de cidade grande. Ela interrompia a necessidade de se parecer cidade. Ela caminhava com seus trapos, com sacolas vestidas como blusas, falando coisas incompreensíveis, e ninguém nomeava banho, comida, roupa, dinheiro, abrigo. Ela vinha do centro da cidade, e quem estivesse pelas calçadas sabia que seu nome era Loucura, Loucura, Loucura.

Loucura tinha os cabelos curtos, quase raspados. Os cabelos ficavam um tempo crescendo, fazendo nó, até que alguém — não sei quem — raspava de novo. Seus cabelos mais crescidos pareciam muito macios, ainda que estivessem muito sujos. Quase idênticos aos meus, na verdade. E esse foi um dos primeiros assuntos entre Loucura e eu.

— Seu cabelo é lindo — eu disse, tentando não soar infantil.

Ela respondeu:

— Eu sei, eu sei — e continuou caminhando.

Pareceu não lembrar de mim nas outras vezes em que nos vimos, até um dia em que o tempo mudou e a chuva forte levou sua sacola de coisas. Eu me aproximei e perguntei o que tinha na sacola. Talvez eu pudesse substituir os objetos.

— Um sabonete, um pacote de bolacha maizena, um ursinho de pelúcia.
— Vou ficar te devendo o ursinho, tudo bem? — ela concordou e tentei compensar com mais comida.
Depois desse dia, Loucura conversava com seus fantasmas e comigo. Se vinha do lado direito, vinha menos suja e mais calma. Eu lhe oferecia algo para comer. Café com pão, quase sempre. E às vezes ela rejeitava.
— Já comi.
Eu apenas reparava em seu corpo magro, forte, não depilado, cheio de cicatrizes. As pessoas da rua me olhavam assim tão próxima de Loucura. Curiosas patológicas. Eu apenas triste.
Era Natal quando eu voltava da casa da minha mãe, e o tempo mudou. Loucura apareceu na esquina do lado esquerdo, sem roupa alguma, somente arrastando um saco preto quase vazio. Quem estava na rua começou a rir, fazer piada e vaiar. Loucura com os olhos cheios de lágrimas e as pessoas rindo. Algumas mães empurraram as crianças para dentro de casa e eu comecei a gritar:
— Vem cá, vem cá — na esperança de que ela estivesse lúcida o suficiente para me reconhecer e aceitar minha ajuda.
Mas ela passou direto, não olhou para qualquer uma daquelas pessoas, não olhou para mim. Foi na direção do lado direito da cidade e, naquele dia, de qualquer forma, eu não teria o ursinho de pelúcia que lhe devia.

Gilete para peito

Minha irmã mais velha morreu semana passada. Ia de carro com o marido até Iguatu quando uma caminhonete apareceu na contramão da pista e os pedaços das latarias viraram bolinhas.
 Eu deveria ter feito uma missa de sétimo dia, mas não fiz. Foi um escândalo no resto da família e um falatório enorme entre os vizinhos, mas eu não tenho religião e minha irmã não merecia tanto agrado. Se acreditava que iria para o céu, como se gabava e esfregava na minha cara, então que fosse de qualquer forma. Não seria uma missa, organizada por uma gilete, como ela me chamava, que faria diferença.
 Providenciei o velório e o enterro. Na verdade, a funerária fez essa parte toda. A glória de ter um plano funerário é essa. Não lidar com o corpo, não se preocupar com quase nada, e depois a pessoa é enterrada num cemitério de campo verde com plaquinhas no chão. Muito melhor do que ela merecia.
 Se eu fosse religiosa, colocaria uma cruz no caminho da estrada, bem lá onde o acidente aconteceu. Talvez coloque, só pela raiva. Uma cruz das mais fuleragens, tombando para o lado, com os lamentos escritos em ortografia sofrível.
 A questão é que, com a morte dela, herdei dois quadros. Tive também que pegar muitas outras coisas na casa dela, que ainda não tinha filhos, e dar fim. Vender móveis e eletrodomésticos, procurar quem quisesse as roupas e sapatos, doar para quem precisa, jogar um mundo de lixo fora. Porém, aqueles dois quadros eram passados de mulher para mulher desde a nossa bisavó. Talvez até antes dela, mas não lembro, não conheci a anterior.
 Tenho certeza mesmo é que estavam pendurados na casa de bisa Mocinha. Na sala, muito bem colocados, em destaque, com flores falsas na mesinha logo abaixo. E apesar de pouco frequentar a casa de

bisa, porque ela pouco viveu enquanto eu era criança, os dois quadros viveram com minha avó em seguida.

Eu não tenho religião, mas acredito em muitas coisas. Uma delas é que as mulheres da minha família atraem um pouco de tragédia. Não duram muito. Num momento estão aqui, batendo pano no tanque, ouvindo a missa na televisão, fazendo feijão-verde e fava, e no outro morrem do coração. Como foi com minha avó, Rita, ainda jovem para as idades das avós.

Os quadros que davam o ar solene e correto para sua sala foram então transportados para a casa de minha mãe, que descobriu um câncer de mama um ano depois.

Eu já estava cansada de tantos funerais, lutos, choros. Até ali, amava minha família. Eram as pessoas que eu tinha no mundo. E eu não pensava que as pessoas que eu tinha no mundo precisavam me conhecer melhor do que o dia a dia comum de todos os dias. Não pensava que a vida com aquelas pessoas, com aquelas mulheres, era mais do que o café coado de manhã, o arroz com feijão do almoço, o bolo de macaxeira da tarde, a janta que misturava isso tudo.

Até ali, família não era amizade. Quem eu era com as mulheres da minha família era um indivíduo completamente diferente de quem eu era com meus amigos. E depois de tantas mortes, diante da ameaça da morte da minha mãe, eu tive a péssima ideia de compartilhar meu verdadeiro eu com as duas mulheres que me restavam.

Depois dessa decisão, cheguei ao hospital toda cheia de beijos para minha irmã e minha mãe. Falei que as amava muito e, por isso, tinha algo importante para contar.

— Preciso contar, porque é parte importante de quem eu sou, e vocês merecem saber.

Não mereciam porra nenhuma. Que obrigação eu tinha? Não era sobre elas. Mas contei.

A palavra bissexual encontrou um silêncio maior do que o silêncio de qualquer hospital. As enfermeiras desapareceram, os carrinhos de limpeza, de medicamentos, os botões que chamavam ajuda. Só dois olhos confusos e agredidos me encaravam. E quando o silêncio foi desfeito, primeiro minha irmã explicou para minha mãe o que era bissexual.

— É ser gilete, cortar dos dois lados.
Minha mãe balançou a cabeça desaprovando. Se tivesse mais ânimo, falaria muito. Mas tudo que foi dito passou pela religião e pelo que as pessoas diriam. Talvez até mais pelo que as pessoas diriam.
— Nossa mãe com câncer e você vem aqui com uma coisa dessas. Desde quando você é isso? Inventou agora só pra piorar o estado de saúde da sua própria mãe? Que tipo de pessoa você é? Isso é doença mental, né? Vou mandar te internar no Santa Tereza.
— Ana Paula, não é assim que funciona.
Eu tinha tanta coisa pra argumentar e desmentir, mas não conseguia botar pra fora, porque via minha mãe aflita, como se não pudesse respirar. Eu só deixei pra lá, eu ainda disse que a amava — minha mãe, é claro — e fui embora.
A relação com minha mãe não ficou tão abalada. Eu sabia que ela estava decepcionadíssima, mas também que morreria em breve. E as coisas tomam outra perspectiva. Se não tomarem, meu bem, aí você é uma peça muito ruim mesmo.
Minha irmã que não teve jeito. Meu nome foi de "Mariana" para apenas "Gilete". Queria me provocar e me agredir sempre que desse. E quando minha mãe morreu, eu me afastei, fechei todas as portas, cortei contato.
Só soube de algo quando o acidente aconteceu.
Há quatro dias fui na casa dela fazer a limpeza, tirar as coisas, botar a placa de vende-se. Uma casa grande, mas não moraria ali. Vender e usar o dinheiro pra morar em São Paulo é a ideia. Não tenho mais ninguém aqui. Só tenho os dois quadros.
Olho para as molduras douradas, as figuras pintadas com olhos meio doces, meio sofridos, e lembro de todas as mulheres que vieram antes de mim. As que guardaram esses quadros, penduraram em suas casas, fizeram cerimônias em torno deles, pediram que fossem abençoadas, suplicaram pela luz que abençoasse a família e o casamento.
Será que bisa Mocinha era casada com felicidade? Que depois que meu bisavô se tornou marido, era isso que ela queria? Eu sempre penso se minha bisavó e minha avó eram giletes como eu. Se minha mãe nunca olhou para uma mulher e sentiu por ela a mesma atração que sentia por um homem. Se apenas não foi confuso, atrapalhado

com admiração, com vontade de ter aquele corpo, perdido entre as mensagens do que é pecado e deve ser expulso do pensamento imediatamente. Porém, talvez seja possível que, de quatro gerações, eu seja a única. Nossa parte comum e quase eterna: os quadros.

Jesus e Maria brilhantes. Sinceros, afastando as vestes para que os corações sejam vistos.

Quem sabe estarão na sala da minha próxima casa. Não com uma mesinha embaixo, não como ponto de fé. Apenas uma tentativa de honestidade que os amigos de São Paulo pensarão ser ironia. Decoração que fetichiza minha própria terra.

Mas eu só quero não me sentir a única de peito aberto.

De melhor qualidade

Quando a filha de Cicinha morreu, todo mundo ficou baqueado. Maria Alice tinha dez anos (eu tenho catorze), tinha passado na vida só triscando. Era uma menina boa, vivia da escola pra missa, da missa pra casa da prima, da casa da prima pra casa (eu vou pra onde eu quero). Quando uma criança morre, todo mundo se acaba de sofrer, mesmo quem não conhece e nunca viu (eu não conhecia Maria Alice, só morava no quarteirão de cima).
 Depois que o corpo dela foi liberado, a família arrumou tudo pra velar. Abriu os dois portões da garagem, dois portões de ferro pintados de uma cor meio amarelo queimado, botou o caixão com a menina bem no meio da garagem, umas dez cadeiras ao redor do caixão, que estava aberto pra todo mundo poder olhar a carinha de Maria Alice (eu que não queria ver).
 Chamaram meu pai pra tirar as fotos. Meu pai disse que tirou foto de Maria Alice de tudo quanto foi jeito. Morta do lado esquerdo, morta do lado direito, morta de cima, o caixão, as flores, as pessoas sentadas, a mãe ao lado de Maria Alice morta, depois o pai, depois a avó, os tios, alguns dos amigos adultos. Só as crianças que foram (eu achei isso coisa de abirobado) que não puderam bater retrato. Meu pai chega voltou só o pito.
 Fiquei pensando em como foi velar o corpo de Maria Alice e se eu gostaria que velassem o meu (não gostaria). Só soube na hora, sem nem pensar, que não queria que meu pai tirasse foto nenhuma. As fotos do meu pai são lindas, de gente feliz. Aniversário, casamento, bodas de ouro, essas coisas. Meu pai se garante.
 De manhã, veio um carro pegar o caixão de Maria Alice, que aí já estava fechado. O carro foi descendo a rua bem devagarinho (eu fiquei olhando de longe), com uma ruma de gente atrás. Gente

rezando, gente chorando (eu choro muito pouco e não rezo). Meu pai disse que foram enterrar no cemitério do Socorro, onde minha avó também está enterrada. Não é longe, mas é tão cheio de morto, túmulo, que eu já ouvi falar que desenterram quem é mais pobre e não tem aquelas lápides de mármore, ou com estátua de anjo e essas coisas. Já me falaram também que foram lá e viram pedaço de osso. Depois de ouvir essas coisas, nunca mais eu quis visitar minha avó (não sou medrosa, mas provoco fácil).

    Dessa conversa toda, o que eu achei meio assim foi terem chamado meu pai pra tirar foto. Hoje todo mundo tem celular e pode tirar quantas fotos quiser (eu tenho um com mais de mil e duzentas fotos, por isso que tá lento que só a peste). Só que depois eu pensei melhor e acho que a família queria uma câmera mais especial porque Maria Alice era criança. Por ser criança, era de melhor qualidade. Quando uma criança morre, foto de celular não presta.

Voz

Aquele monte de mulher sorrindo, batendo palmas e tentando pegar pequenos aviões de dinheiro. Que coisa mais linda. Sentia que o coração ia estourar a caixa do peito, de tão forte que batia. Era aquilo que queria, aquela plateia aplaudindo, rindo das piadas que Silvio fazia. Janaína tinha verdadeira fascinação por aquele programa. Era seu programa favorito na televisão. Era sua coisa favorita no mundo todo.

Quando criança, a mãe e o pai sempre brigavam aos domingos. Começavam a briga de manhã, às vezes porque o pai não acordava, às vezes porque a mãe não aguentava mais aquela vida, e estendiam os xingamentos pelo dia inteiro. Só paravam em dois momentos: a hora do almoço e a hora do Silvio Santos.

Janaína era chamada por outro nome nessa época. A infância inteira foi uma sucessão de sofrimentos e brigas. Seu único descanso era a hora da televisão aos domingos, especialmente quando o programa de auditório começava, entrava a música, e todos finalmente se calavam. Só abriam a boca para rir. Janaína se enfiava no espaço entre a parede e o braço do sofá, encolhida, de cócoras, hipnotizada pelo microfone de ferro grudado ao peito do Silvio.

Quase escolheu "Silvia" como nome, foi por pouco. Só não o fez porque lembrou que o pai amava o nome "Janaína". Dizia que, se tivesse uma filha mulher, que o nome seria esse. Morreu antes de aceitar o encontro com a Janaína que sempre esteve lá.

Agora, ela sonhava com o dia em que abraçaria aquele homem sorridente e agradeceria por ter lhe salvado. Obrigada, Silvio, porque seu programa me ajudou a esperar por muito tempo. Esperei sentadinha, apertada no meu canto, quase sem conseguir respirar. Mas esperei, Silvio. Enquanto via a roleta girar, a porta abrir, as pessoas caírem, ganharem barras de ouro. Sempre quis tocar em uma barra de ouro, sentir o peso nas mãos, tentar ver o próprio reflexo no retângulo dourado.

Janaína treinava o que diria. Toda semana mudava o discurso. Imaginava como conseguiria participar do programa. Até então, pensava que a melhor opção seria a plateia, claro. Mas de onde tiraria dinheiro para sair do Cariri? E, além do mais, ir de ônibus toda essa distância era quase uma tortura. Ouviu falar até que as crianças vomitam nas poltronas dos outros e que as mães estendem fraldas sujas nos bancos e nas janelas.

Seguia a vida em modo de espera. Enviava cartas para a emissora, mas nunca era respondida, muito menos convidada para participar de algum quadro. Não sabia como fazer melhor do que isso, porque conseguir o endereço já tinha sido um desafio. Ficava nessa ansiedade e tentava arranjar um trabalho.

Não conseguia quase nada. Às vezes ajudava no salão de beleza de uma conhecida da sua mãe, que só lhe oferecia a função de limpeza como um favor. No fundo, não queria que Janaína estivesse lá. Dava para notar pelos olhares apertados, como quem força a vista para enxergar melhor.

Na maior parte do tempo, a mulher dizia que não tinha dinheiro para continuar pagando e a dispensava. Como ficava meses sem nenhum trabalho, teve a ideia de fazer bolos, salgadinhos e docinhos para aniversários. Com medo de que as pessoas jamais quisessem seus serviços, pediu que a mãe propagandeasse como se ela fosse a cozinheira. A mãe levava a pouca fama e Janaína tomava conta de tudo.

Algumas pessoas desconfiavam, claro, porque viam a mãe de Janaína pela janela do portão e ela sempre estava assistindo à televisão. Se alguém passasse pela calçada, dava até pra sentir o cheiro bom e ouvir o barulho das colheres enquanto a dona do negócio cochilava na cadeira de balanço. Sendo bem sincera, Janaína sabia que não era exatamente um segredo. Mas as pessoas preferiam assim.

Até porque quase ninguém lhe dirigia a palavra. A vizinha da esquerda fazia questão de lhe chamar de "ele", ainda que o único nome que todos conhecessem fosse "Janaína". Era ridículo ouvir a mulher dizer "o Janaína" para os outros fofoqueiros da rua. A cabeça dessa gente não era boa mesmo. Só lhe magoava quando alguma criança lhe xingava ou fazia piadas de mau gosto. Sabia que os adultos ensinavam aquelas coisas. Se não diretamente, deixando-se escutar.

Num domingo, foi entregar uma encomenda de bolo em outro bairro. Tinha sido promovida de "nada" a "entregadora". Estava testando essa possibilidade, vendo se as pessoas ficariam muito chocadas quando abrissem as portas e ela estendesse os braços com a entrega. Por sorte, a senhora que recebeu a encomenda não formou qualquer cara de estranhamento.

Voltou tarde, quase na hora do programa do Silvio. Tomou banho, esquentou a janta e sentou no sofá com o prato repousado sobre as coxas. Sorriu quando a música começou e as vozes das mulheres cantaram que Silvio Santos vinha aí olê olê olá. Foi se distraindo com as brincadeiras e pegadinhas, até que o apresentador anunciou o retorno de um quadro: o Concurso de Transformistas.

Janaína tapou a boca com as duas mãos, segurou a respiração. Lembrava desse quadro. Era aquele em que homens se maquiavam, colocavam vestidos, e ganhava quem melhor imitasse uma mulher.

"Se você é um artista transformista e gostaria de participar do Concurso de Transformistas, grave um vídeo com sua apresentação e a produção irá selecionar os melhores para virem até o SBT" — as palavras saíram da boca do Silvio Santos direto para o estômago de Janaína, que se encheu de gás, bolhas, frio e calor.

Entre arrotos, foi correndo ao banheiro e se encarou no espelho. Será que conseguiria se passar por um transformista? Precisaria comprar maquiagens novas e uma câmera. Talvez uma de suas roupas servisse, mas algo com bastante brilho causaria mais efeito.

Foi até a mesinha de cabeceira e pegou a caixinha onde guardava dinheiro. Cento e quarenta e oito reais. Isso não dava para comprar uma câmera, nem se fosse usada.

Mal a segunda amanheceu e Janaína estava a caminho da loja. No centro da cidade, só encontrou câmeras em uma delas. A mais barata custava seiscentos.

— Pode parcelar no carnê?

Podia.

Foi para casa tentando arquitetar seu plano. Faria entrega dos pedidos e assaria salgados para vender na praça. Não custava tentar.

Quer dizer, custava o preço dos ingredientes, mas se não vendesse nada podia almoçar e jantar coxinha e pastelão.

Na quarta-feira já tinha tudo pronto. Colou uma folha branca onde escreveu "Salgados R$ 1,50" na cesta e vestiu a roupa mais discreta que tinha no armário.

No caminho até a praça, foi parada por dois homens que queriam comprar pastel. Quando se afastaram, Janaína se deu conta de que não tinha falado uma palavra sequer, nem para agradecer. Depois, em frente ao hospital, uma senhora a chamou.

— Ei, tem pastel de frango? — Janaína fez que sim sacudindo a cabeça bem rápido. — Me vê três, que eu tô com meus netos aqui na fila de espera — a senhora foi tirando o dinheiro da bolsa.

Calada, Janaína se sentou na calçada do hospital e virou a cesta para a porta de entrada. Algumas pessoas foram se aproximando, pedindo para ver o que tinha ali dentro. Ela evitava responder, deixava o cabelo cair na frente do rosto, como se fosse muito tímida.

Até que essa era uma boa ideia. De alguma forma, ficava muito mais discreta, como se diminuísse de tamanho e as pessoas só enxergassem a dó que sentiam da pobre moça que apenas gesticulava. Estava ali vendendo salgados porque não conseguia emprego, a coitadinha. Ninguém queria empregar uma pessoa muda. Vender salgados era mais fácil, as pessoas podiam ver o que tinha dentro da cesta e a cabeça de Janaína diria que sim ou que não. Era de frango sim, não era de queijo, não.

Na quinta, escreveu do lado da cesta, em outra folha branca, quais eram os tipos e recheios dos salgados. Pastel de carne, empada de frango, enroladinho de salsicha. Tudo bonitinho, embalado com plástico limpo e destinado à calçada do hospital. Não precisava nem caminhar até a praça, porque no hospital sempre tinha gente com fome. Senhorinhas que esperavam longas horas por uma consulta, crianças berrando, mães agoniadas, amigos aflitos.

Ninguém queria gastar muito dinheiro com as comidas sem tempero que a lanchonete do hospital oferecia. Disseram a Janaína que um sanduíche natural custava mais de cinco reais.

As pessoas chegavam, se aglomeravam ao redor de Janaína, e elas mesmas se atendiam. Sim, a pobrezinha é muda. Pois é, vende salgados para sobreviver. Graças a Deus que ela sabe fazer salgados, meu povo. Compre o enroladinho que é muito bom, eu sempre compro. O pastel de queijo acabou, mas olha o que tem aqui.

Janaína sentava na calçada, deixava o cabelo esconder um pouco do rosto e recebia o dinheiro com as mãos em forma de cumbuca. O coração pulando, pulando.

Cinco semanas se passaram e a caixinha de cabeceira já guardava quinhentos e doze reais. Nunca tinha juntado tanto assim de uma só vez. Se não fosse o sonho de ir ao programa do Silvio Santos, teria gastado tudo em roupas novas ou quem sabe numa batedeira para lhe ajudar a fazer as massas. Até poderia pensar nisso depois, quando gravasse seu vídeo. Se ficasse famosa, imagina, esse dinheiro seria mixaria. Mas ficaria famosa pelo quê?

Veio-lhe a constatação triste de que não sabia como ser um artista transformista. Primeiro, teria que fingir ser um homem que fingia ser mulher. Depois, precisaria fazer uma maquiagem muito linda, parecendo profissional. Por último, além de desfilar com as mãos na cintura, usando maiô, ainda teria que escolher uma música para dublar e se apresentar no programa. Faria isso tudo dançando e com um vazio visível entre as pernas. O Silvio sempre comentava que estava muito convincente aquela falta de volume embaixo.

Saiu procurando todas as maquiagens que tinha. Achou dois batons, um vermelho e um marrom, uma base vencida e um lápis de olho preto e tentou fazer alguma coisa na cara.

Dentro do armário, um vestido de festa que comprou há cinco anos, logo depois que o pai morreu. Era bonito, cheio de paetês azuis, mas sem decote. O que era bom, porque assim ninguém perceberia que seus seios eram de verdade e não enchimentos. Não tinha que ser a vencedora, só queria participar. Bastava que fosse chamada, que conseguisse trocar algumas palavrinhas com o Silvio. O sonho estaria realizado.

Era isso então.

Quando juntou os seiscentos reais, apareceu na loja com o peito inflado de orgulho. Dois meses depois e não precisaria nem de carnê, ia comprar tudo à vista. O vendedor ainda lhe deu alguns trocados de desconto.

Em casa, se montou inteira. O maior salto, o vestido de paetês, a maquiagem mais ou menos que conseguiu pintar na cara. Quis deixar o quarto meio escuro e teve a ideia de usar velas. Usou um lençol vermelho de fundo, esticando e prendendo bem na parede. Não era a coisa mais linda, mas não lhe chamariam por causa do cenário, então colocou toda sua energia na performance da música escolhida.

Dublou como se cada nota saísse de sua própria boca. Ficou um pouco constrangida quando a música acabou e teve que ir até a câmera que ainda gravava. Não tinha ninguém que pudesse apertar o botão. Mas estava bom assim, estava bonita. Se Janaína fosse alguém da produção do Silvio Santos, escolheria aquela gravação sem sombra de dúvidas. Seu nome artístico era Sylvia, com ípsilon. Até se sentiu muito esperta pela escolha do nome, a equipe acharia interessante colocar Sylvia, a transformista, para interagir com Silvio, o Santos.

Organizou tudo e enviou o pacote dois dias depois. Agora era só esperar.

Na calçada do hospital, recomeçou a sacudição de cabeça. Sim, é de hoje o pastel. Sim, ela que tinha feito tudo. Vinha uma vontade de bocejar e Janaína tampava rápido a boca, pra não escapar nenhum som. Era muda vendendo salgados e também se tornaria muda fazendo a entrega dos bolos. Esticaria a mão com um papelzinho. O preço do bolo ali, uma carinha sorrindo e um "obrigada pela preferência" com letra redondinha. Coitadinha da moça.

Silvio Santos vem aí, agora é só esperar.

Até as nove

Começou com o relógio da novela das sete, que ninguém queria assistir. Dava a hora, pegava a cadeira de macarrão verde e sentava do lado de fora para ver a rua. Briga de cachorro, sobe e desce de gente desocupada, casal novo. Era Izabel, a calçada e um pedaço de papelão que usava pra se abanar. Quando começava a novela das nove, botava a cadeira pra dentro. E nunca mais se via Izabel, até que fosse outra vez novela das sete.

Ninguém via Izabel quando o leiteiro passava. Ela não saía de casa pra comprar pão. Nem uma só pessoa podia dizer que Izabel tinha passado por ali ou por lá, que ela usava a saia azul ou a preta, que carregava uma bolsa ou uma sacola. Só aparecia à noite e, como toda bizarrice, foi se transformando em lenda do povo.

O nome que lhe deram foi o de Izabel das Sete. As crianças se cagavam de medo, evitavam passar de frente, se a bola caísse pro lado da casa de Izabel, davam a bola como eternamente perdida. Izabel das Sete era como a Caipora, mas não queria fumo.

Ninguém sabia o que Izabel queria.

Era a cadeira verde, o papelão, os olhos acompanhando o movimento. Todos os dias de novela. Nos outros, desaparecimento. Vivia de luz ou de escuridão, dormia de cabeça para baixo, tinha as unhas dos pés tortas, os óculos disfarçavam olhos de cobra, a pele enrugada era de E.T., a casa inteira guardava pequenas gaiolas. Tudo, qualquer coisa.

Izabel não fazia jeito de quem sabia. Vivia sua rotina. Quebrava a regra se chovia, se era São João, se tinha festa na rua. Se Izabel soubesse dos boatos, talvez falasse que não era pra tanto. O povo que era lesado, que não lhe via quando saía. Pedia pão pela entrega da padaria, aquela entrega que vem de moto de manhã cedinho. Comprava leite de caixa.

Todo mundo sabe que o leiteiro mistura água no leite e ainda por cima as latas fedem a mijo de vaca. Se Izabel soubesse, talvez falasse.

Mas ninguém chegava perto. Aquela velha estranha, Caipora sem fumo, do planeta das horas vagas. Passavam pela rua cochichando misturando o medo e a provocação. Se for mesmo Izabel das Sete e não só uma Izabel comum, vai jogar uma praga disfarçada. Se no outro dia, ou no outro, ou no outro, alguém ficasse com goro, com dor nas costas, quebrasse o pé, o pneu furasse, queimasse o feijão. Era a das Sete.

E nisso ficou, até que Izabel expandiu seu horário. Todo mundo dizia que a novela das nove, a estreante, era ruim; não valia a pena. Izabel, concordando, quis mais tempo na rua. O povo queria um novo nome, mas Izabel das Sete era bom demais. Tinha um apelo de filme, coisa boa de sair contando. Assim como o apelo de Izabel a noite inteira ali sentada, muda.

Os mais desconfiados, cheios de conspirações na cabeça, começaram a reparar na árvore da calçada de Izabel. Era uma árvore comum, como quase todas as outras. Tronco fino, não muito alta, folhas verdes que soltavam um leitinho se você rasgasse com a unha. Era normal até não se sabe quando, porque deixou de ser normal e começou a espalhar os galhos e as raízes romperam o piso.

Toda noite que Izabel das Sete sentava e passava suas horas observando a rua, a árvore parecia criar força. De manhã, as raízes estavam mais exibidas e os galhos mais baixos e longos.

Muita gente da rua saiu reparando nas outras árvores, buscando sinais de crescimento. Talvez uma ou duas, mas nenhuma como a de Izabel das Sete. Aquela lá era bizarra. Não era nem aguada, isso ninguém nunca viu. De repente isso? Era uma nave mãe que enviava raios poderosos. Coisa mágica. Izabel das Sete sentava do lado e todo dia fazia crescer discretamente, enquanto todo mundo se ocupava de cochichar, isso sim.

A árvore crescia e avançava. Izabel quase não conseguia posicionar a cadeira na calçada. Ficava troncha, balançando, mas confiante. Sua cadeira, sua árvore, seu papelão. Os olhos que viam.

Passaram-se dias e depois semanas. A árvore já tomava conta da calçada inteira, subia pelo muro, quebrava todo o concreto, era até bonito. De um jeito mal-assombrado e ao mesmo tempo ecológico. Durante o dia, tinha até quem corria ali rapidinho pra fazer o muro de fundo de foto. Depois uma carreirinha discreta.

Izabel das Sete é que estava mais feia. Mesmo quem já a achava uma visão desagradável, comentava que sua pele parecia áspera demais. Talvez ferida, rachada, como cotovelo que não sabe o que é hidratante. Talvez fosse esse tempo todo sem sair de casa pra comprar pão e leite. A qualquer momento podia morrer. Imaginem só, Izabel das Sete, caso morra, vai direto para um plano dos marcianos, dos morcegos humanos. Não deve nem tomar remédio. Se está doente, vai morrer mesmo, vai ficar podre, mofar.

E talvez sem saber de nada, na quarta, antes mesmo da novela das sete começar, Izabel abriu a porta de casa. Não colocou a cadeira verde pra fora. Não tinha seu papelão na mão. Tinha cara de fome, de cansaço, de sede, de sono, de febre, tontura, enjoo e dor. Tinha cara de quem é muito velha e já olhou demais a vida dos outros. Se Izabel soubesse, talvez falasse.

Em vez de dizer, deitou segurando nas raízes da árvore. Entrelaçou as pernas com os galhos que tocavam o chão. Até as nove, já era calçada.

As cores das fitas

Fui te mostrar um Horto que eu não conhecia.
 O céu mentia chuva, esperançava a água que eu pedia para a semana. Você vestia branco, espalhando luz em todas as direções, refrescando meu rosto, puxando meu sorriso para perto do seu. Era pura estrela, me dando o braço esquerdo, dando o braço direito a rodela do chão que cercava o Padre Cícero gigante, muito maior do que nós, muito maior do que as pessoas que diviam conosco o ludíbrio das várias nuvens.
 Você tinha cheiro de madeira e cajá gelado. Cheiro de carambola e imburana, cheiro das árvores de quando eu era menina e cheiro das frutas de quando eu cresci, com a boca cheia.
 Eu procurava, no céu da boca, as palavras melhores. As palavras que pudessem te contar a história do Horto, da cidade, a história daquela casa do padre onde uma história se mostrava. Queria ser guia, mas era pega pelo seu conhecimento preparado. Você me ensinava, já sabia, tinha certa devoção. E isso me era estranho, desencaixado. Eu queria saber mais, queria saber por que aquilo te fascinava. Se era pesquisa, poesia, herança de família, raiz grossa naquela terra. Não era, você dizia, e me contava.
 Porque todos peregrinam, todos estão em romaria.
 E eu me calava.
 Você me conduzia pela escadaria, o dedo apontado para cima, como se tocasse os botões da estátua, e ria. Que bonita era a sua alegria. Eu quase esquecia de usar a câmera, quase não dava tempo; você se mexia com as cores das fitas, abrindo meus ouvidos avinagrados para a beleza das promessas.
 As prometidas antes de tudo se perder um pouco, antes de virar letra de música em partitura de lembrança. Nossos dias de semana improváveis, meu quarto sempre com a porta fechada para te preservar

lá dentro. Enquanto minha mãe fazia bolo de pão na cozinha, seu corpo me regia para que eu pudesse me encontrar.

O cheiro de seu cabelo era como uma cachoeira ao meu encontro, tocando meu nariz, provocando meu piercing. Eu encontrava o cheiro de seu cabelo entre a nicotina e o etílico de qualquer bar.

Desde o primeiro sorriso que te dei, sabendo um pouco que não faltava tanto para que eu me enrolasse nos panos de nossa história, eu te segui. Você dizia que a direção era contrária. Que minhas panturrilhas traçavam as linhas do caminho. Que meus pés interromperam a dança, porque eu tive que voltar. Por isso me surpreendia tanto a sua alegria em Juazeiro. Mas, dessa vez, eu era a seguidora.

Eu te seguia, me dispondo. Eu dizia que tudo bem, você pode ter razão, e, tudo bem, todos sentem muita fé. Todos estão em romaria, você dizia, todos estão prometendo e barganhando com seus próprios santos prediletos.

Antes de eu voltar, você me mostrou uma medalhinha do Padre Cícero que sua avó guardava. Como se registrasse meu destino eternamente. Segurando em sua mão um pequeno dente de ouro que jamais deixaria sua boca. Todas as nossas canções se tornaram rosários de continhas transparentes e tristes. Você me ligava e dizia que, depois de tanto corpo tocado, era santa a hora de chorar.

Quem é teu santo, você perguntava. E ria, e ria. Parecia que me fazia cócegas, parecia uma cena de um filme que depois terminaria muito melancólico. Uma cena de poucos minutos, uma música leve tocando. Nenhuma música tocava no Horto. Dentro de mim, eram notas de árvores e um único assum-preto. Livre.

Sua pele amando a estátua, as mãos sentindo a textura, lendo os nomes, as frases deixadas. Você quis deixar nossas iniciais e mais alguma coisa. Eu peguei a caneta vermelha e desenhei as letras sem olhar para o lado, sentindo seu rosto aquecer minha bochecha. Você disse que eu deveria escrever algo que viesse de meu coração, assim muito brega, muito ultrapassado, porque todos os programas turísticos e de fé são sustentados pelas tradições. Eu sorri, compreendida. Escrevi: estamos em romaria, com pouca fé, mas paixão.

Não sou dada aos ídolos, aos monumentos, ao simbólico e material do concreto com formato de heroísmo.

Mas só contigo, e contigo, entendi a grandiosidade do Horto.

PARTE II
Espada no coração

Despedida de Juazeiro do Norte

Quero me despedir dos casarões de Juazeiro. Quero dar adeus às paredes coloridas com as tintas sólidas que cegaram meus olhos. As tintas amarelas que tanto odeio. Os azuis que eram tão azuis. As tintas sinceras, de crueza direta, que diziam exatamente o que queriam dizer. Os casarões de Juazeiro falavam as palavras contadas pelos números simples, os números necessários, que se bastavam.

Quero dizer adeus, quero prestar meus respeitos.

Eu me lembro dos casarões e das casas pequenas, compridas. Seus dois quartos muito unidos e um corredor sempre presente, ligando a sala à cozinha. Um formato quem sabe previsto, quem sabe sabido. Conhecimento de quem não falha em dominar o fundamental. Os quartos de dormir, a sala de pregar o Sagrado Coração. Oratório, toalha rendada. A cozinha com o pote de barro e os copos de alumínio.

Questiono meu imaginário, é claro. Isso é parte do comum ou é um quadro que eu pintei? Será que visitei todas as casas para que eu saiba que esse é o retrato histórico, fiel, sociológico, cultural, da antropologia, da etnofotografia que está xilogravada nas minhas retinas?

Eu quero me despedir, porque meu coração ama.

A ladeira do Horto que subi de carro poucas vezes, em busca das coisas que me interessavam. E eu penso se um dia serão essas casas substituídas, todas elas, por fachadas de azulejo. Com rejunte, com brilho cego, com a conveniência do moderno. E se as tintas amarelas, que eu tanto odeio, serão para sempre memória extinguida. Como labareda indesejada, como prejuízo constante. Já não se faz o cultivo de uma casa com o cuidado de uma demão. Os braços estarão para sempre cortados e os esmeros acomodados. De tudo se cuidará uma única vez. Descaracterizado.

Juazeiro, eu vim me despedir.

Hoje eu vi uma foto na internet, era mais um casarão derrubado para que o chão virasse parada de carros. Era um casarão amarelo e azul, como tantos. Já não me lembro dos detalhes, porque as curvas se apagam com facilidade na cabeça de quem não está perto. Estar perto é mais que geografia, eu digo. Meu coração também voa sobre linhas imaginárias cinza e também aqui os casarões estão abandonados. Mas, Juazeiro, suas casas são tão meigas.

Na última vez em que estive contigo, meu amigo George me levou por ti. Paramos na linha do trem, olhando as casinhas quase gêmeas, diferentes apenas pelas cores das paredes. Uma porta de madeira, uma janela de madeira. Em cada uma delas. Um formato familiar, inteligível, paisagem de tantos dias em que retornava para casa e tantas vezes, até mesmo, eu pensava que aquilo era uma marca de vergonha, porque era pobreza. Hoje sou capaz de perguntar se é possível ser rico e habitar uma casa como aquela. Ou a riqueza exige de alguém os formatos espelhados que podem ser arquitetura de qualquer terra?

Hoje eu acho que tenho uma terra, ainda que amarela.

É uma pena, Juazeiro, que as minhas lembranças infantis estejam escapando, fugindo com suas pernas queimadas pelo sol, sujas pelo barro vermelho, molhadas pela chuva, com perebas lambidas pelos cachorros. Crença nas línguas das criaturas.

Ao redor da praça, com minha pouca mente, consigo me lembrar de um casarão. Azul e branco, talvez recém-pintado. O branco muito branco, o azul muito azul. Aqui no Sudeste não há esse tipo de cor que lhe obriga. Triste, tão triste, que eu tenha viajado para outros países e me deslumbrado com as cores ávidas de outras paredes, quando vinte e quatro anos vivi entre alvenarias francas.

Nem mesmo o meu vocabulário tem a mesma saliva. Preciso puxar no poço e não sei se minha corda é forte. Aqui, preciso engolir as sílabas. Já fui acusada de tantas coisas, Juazeiro. De votos em troca de comida, de carroças pelas ruas. Em alguma de minhas tatuagens, há algum desenho que, para muitos daqui, lembra um pau de arara. Não há longe de onde vim diante dos olhos de quem não sou.

Eu sinto muito, Juazeiro, porque, talvez, seja essa fuga que traceja as demolições. Não conseguiram enxergar a tempo, não entenderam as cores, as mensagens dos contornos das portas. Falamos sobre isso, eu e meu amigo, e fiquei com essa saudade em minha boca. O sítio de quando era pequena, onde eu corria das mutucas e comia pinha enquanto me balançava na rede do alpendre. Não reparava o suficiente nas molduras das portas e janelas. Será que a casa foi reformada?

A despedida é sincera.

Senti muito orgulho de quem você é, Juazeiro, quando vi amigos daqui fotografando suas casas, casarões, igrejas. Eles viam suas cores de uma forma que eu, até então, não perscrutava. Havia ali um sabor de exótico, mas, Juazeiro, antes um pavão misterioso do que um retrato mal revelado.

Muitas vezes te descobri nas madrugadas. As ruas desertas e somente os cães pé-duro deitados no meio da rua. Algumas vezes carona, algumas vezes a pé. Alguns casarões pareciam mistérios, indivíduos solitários, com pedaços caindo. Outros resistiam. A teimosia amarela. A insistência das casas das pequenas portas de ferro. Madeira e ferro, placas de "vende-se din-din". O din-din de coco, meu favorito. Dez centavos, uma correria pelas calçadas. A Copa de 98 com as ruas pintadas. O amarelo com a cidade inteira combinada.

Minha história de amor também envolve os chapéus de palha.

Meus dias, meses e anos crescendo entre os artesãos, entre as mulheres que trançavam uma poesia de versos infinitos, rindo, contando histórias, bebendo o café da garrafa térmica preta que parecia nunca secar. Minha avó me deixava beber café desde muito cedo. Muitas vezes era mais de sete horas da noite e o Centro de Cultura estava fechado, mas se alguém espiasse, se alguém pregasse uma orelha nas portas gigantes daquela construção histórica, e também amarela, escutaria vida. Risada de mulher. Palha desenhando a fé que viria. Juazeiro emaranhado em amarelo-palha.

Mas eu já vou me despedir.

Sinto muito. Meu amigo sente muito. Há pessoas que sentem tanto. E as páginas na internet que celebram sua história existem. Você sabe, Juazeiro, que não sou pessoa de tradição. Mas amo o que é próprio, sujeito adjetivado, escrito com todas as vírgulas possíveis que, para ser lido, te pede fôlego puxado.

Esse é você.

Ligar seu fogo lá dentro

O mototáxi conhecido é sabedor dos escrutínios de sua vida. Carrega seu corpo de setenta e dois quilos para todos os destinos dos horários marcados e marca todos os horários das exceções destinatárias. Foi o cavalo que levou e trouxe seu corpo bambo-lata-d'água do colégio, é a carroça que pegou o almoço-favor na casa da avó.

Ele pesca as psicologias dos *como está sua mãe*, dos dias regulares de manicure, das reclamações sobre o mesmo calor que a região entrega todos os dias. Cúmplices, você e o mototáxi conhecido dão carão no sol.

Por isso é estranho não dar endereço certo para o mototáxi conhecido, porque ele passa os olhos na calçada onde você desce e você sabe que ele está te perguntando o que vai acontecer. Alguma coisa tem que acontecer naquela situação fora da familiaridade mototaxista.

— Agora tu vem rezar, é?
— Que nada, marquei com uma amiga aqui no Salesiano.
— Ah, sim.

Ah, sim. O mototáxi conhecido.

Karina passou a mão por cima do bolso da calça. A carteira de cigarros ainda ali, expectante de chama. Daqui a pouco.

Olhou ao redor da igreja, passou a atenção nas poucas pessoas que caminhavam. Todo mundo sempre tem um semblante de quem sai de casa porque obrigado, andando debaixo do sol porque nem sempre dois reais são possíveis para o preço do cavalo automático em marcha e aceleração. Todo mundo quer chegar, mas pouco tolera as faixas da rua e suas sinalizações.

Aquele era um horário bom, quase vazio. Não sabia se era falta de olho ou se a igreja era solitária no meio da tarde. Seria falta de muitas coisas abrir a carteira de cigarros e ligar seu fogo lá dentro.

Fingindo todos os dias, Karina entrou e lembrou que nunca havia entrado. Era escura, era fresca. Desagradável, porque entregava aos seus olhos as imagens de filmes de terror; cenas de santas que não eram santas, de freiras que não eram freiras. De devotos fingindo devoção para que atendessem aos seus próprios descaminhos. Como ela.

Tirou um cigarro e provocou o isqueiro. O som do mecanismo elementar se mostrando de um tamanho tão grande para aquele silêncio. Não dá pra fumar aqui, vou pra fora, pros degraus.

De volta, o frio na barriga. Alguém conhecido poderia passar. O mototáxi, outro mototáxi, uma amiga da mãe, uma amiga da amiga, essa gente se multiplica, essa gente está por todo canto, essa gente toda se conhece, não é possível fugir. Que conceito, fumar logo ali.

Deu a volta na igreja, percebeu uma entrada não tão óbvia, um corredor ainda menos iluminado e uma placa indicando os banheiros. Ninguém. Era uma igreja triste, e um padre jamais seria o responsável por limpar suas latrinas.

Tirou o celular do outro bolso.

— Vem me buscar daqui a dez minutos? Sim, no mesmo lugar, pode ser pela Padre Cícero.

Queimou um único cigarro dentro do banheiro feminino.

Não soube tragar, mas também não tossiu.

Gesso

Sempre achei bonita a cerimônia que as minhas vizinhas faziam quando era dia de renovação em alguma casa da rua. O Sagrado Coração de Jesus, o Sagrado Coração de Maria. Desde pequena, ouvi falar sobre votos renovados. Casamento, amizade, vizinhança, a própria casa. As vozes cantando juntas. A nós descei, Divina Luz. O coro forte estranhamente afinado.

O que mais me interessava era o final da reza, porque dentro de pouco tempo as pessoas da casa trariam sequilhos, bolo de milho, suco de maracujá, refrigerante. O tipo de comida dependia do tipo de casa. Gente mais pobre oferecia um suco meio aguado, bolacha maizena e um só tipo de bolo. Quem não estava tão ruim, variava um pouco mais. Minha bebida favorita era o aluá, mas esse eu só bebia na renovação da minha avó.

Minha vizinha da frente, Socorro, sempre fazia uma renovação extravagante. Pelo menos para os padrões do nosso bairro, um loteamento ainda em construção. Quando eu cheguei lá, com meus dezessete anos, aquilo tudo era mato. Mas Socorro fazia questão de ser memorável. Levava a sério esse negócio da Luz que descia bem ali.

Da última vez que ela organizou a renovação, a rua estava muito mais cheia de casas e de gente. Tinham asfaltado tudo, inclusive. Parecia que Socorro queria comemorar o asfalto novo também. Fez tantos tipos de bolo, de suco, de doces e salgadinhos, que as crianças ficaram desesperadas, se acotovelando. Acho que até as senhoras perderam um pouco o foco cerimonial.

Eu estava lá no meu canto, quieta, repetindo todas as rezas junto com o coro. Acreditar, eu não acreditava. Mas fingia que era uma beleza. Sabia todas as palavras e copiava a entonação das velhinhas. Em nossas almas acendei o amor, o amor de Jesus! Em nossas almas acendei o amor, o amor de Jesus! E o coro repetia o refrão. Eu gostava.

    Nessa de rezar, de chamar a Divina Luz pra casa de Socorro e me benzer, esqueci que tinha marcado de encontrar com Sérgio. Ele era um homenzinho horroroso, aqui entre nós. Não de aparência, porque era até aprumado, mas no jeito e nas coisas que fazia. Se o dia estava ruim, descontava todas as raivas em mim. No começo só xingava, me chamava de burra. Colocava na cabeça que eu estava dando moral pra outro e dizia que eu era uma quenga. Muita ênfase.

    Eu sempre respondia, não ficava calada. Só chorava em casa. Mas aquilo foi me dando medo e mais medo, porque Sérgio foi piorando os xingamentos e depois começou a me apertar pelo braço e sair me puxando até me deixar em casa.

    A rua inteira assistia, mas Sérgio se tornou corriqueiro. Tinha gente que já nem levantava a vista, só continuava varrendo a calçada, dando água pras plantas e trazendo os meninos da creche.

    Eu engolia o choro, fazia cara de raiva e deixava que ele me puxasse e empurrasse, porque assim doía menos. Tentei me debater uma vez e meu braço ficou todo roxo, pensei até que fosse cair. Depois aprendi que braço não cai assim fácil.

    E também eu não achava que tinha muita escolha. Se eu fazendo todas as suas vontades, Sérgio já me usava de boneca de trapo, do que seria capaz se eu lhe desse um pé na bunda? Eu não gostava nem de pensar, porque eu nunca conseguia imaginar que ele me deixaria em paz e eu ficaria livre para me pegar com quem eu quisesse. Então eu me pegava só com ele, que não era grandes coisas, mas se dedicava.

    Aí que eu estava ocupada com a reza, quando Sérgio apareceu na calçada. A cara do demônio, com ódio. Demorei pra perceber que ele estava lá plantado, fechando as mãos e estralando os dedos. Quando botei meu olho nele, senti o corpo todo arrepiar. Parecia presságio ruim.

    Acho que foi a Santa que cochichou no meu ouvido, mas ali eu só pensei que ia morrer. Se eu saísse daquela sala, ele ia me arrastar pelo braço ou pelos cabelos. Quando me jogasse dentro de casa, não ia quebrar uma cadeira, nem a porta do banheiro, nem os copos que eu comprei semana passada. Ia quebrar minha cara.

Feito visagem, vi meu corpo estirado no chão, uma poça de sangue, meu cachorro latindo e levando um chute na fuça também. Tudo muito feio, quem sabe notícia no jornal. Minha mãe, a pobre, perguntaria onde foi que errou. Logo eu, do gênio forte, cair numa armadilha dessas, escolher um homem ruim desses. É a vida, né, mãe? Poderia ser a morte também, então decidi ficar lá dentro até ele cansar de me esperar lá fora.

Eu escutava meu nome sendo chamado, psiu, ei, Doralice. Fazia de conta que nenhum zumbido chegava ao meu ouvido. Repetia o pai-nosso, a ave-maria, o credo e cantava de novo que a luz, a luz, descei divina e o amor. E Sérgio com raiva. Fumaçando.

Pensei *que sorte que essas rezas duram muito*, derrama Senhor sobre nós o seu amor, mas a reza logo acabou. Como não sou besta, fui logo pra cozinha com o pretexto de ajudar. Ô, mulher, eu quero ajudar, deixe eu servir aqui os sequilhos. Peguei a bandeja antes que a dona da casa respondesse e fui procurar gente pelos quartos e pelo quintal.

Imaginei que Sérgio acabaria entrando, o que ele fez, mas era tanta gente, e um evento de fé, que acho que ele se sentiu intimidado. Acho que todos concordam que não pega bem bater na mulher justo na frente da Virgem Maria. Era passagem certa pro inferno. Pro purgatório, no mínimo.

Então levei a bandeja de sequilhos pra sala e sentei numa cadeira que puxei pro lado da Santa. Parecia que ela cochichava o tempo todo que eu ia morrer. Tu vai morrer, Doralice. De hoje não passa, Doralice. Mas eu te espero no céu, Doralice.

Eu não queria ir pro céu ainda, Nossa Senhora. Deixa eu ficar mais um pouquinho. Dê um jeito nele, ao invés disso. Faz ele engasgar com um pedaço de bolo.

Ele não engasgou com nada, fez foi entornar um copo de cajuína. Ficou me olhando, fazendo um sinal de vamos lá com a cabeça. Eu dizendo peraínda, eu tô ajudando, peraínda. Até que ele cansou e saiu da casa. Perdi ele de vista, mas fiquei com aquele medo me comendo por dentro. Quem disse que eu tinha coragem de botar o pé na calçada que fosse? A Santa tinha me dito que eu ia morrer.

Aí tive a ideia de falar isso pra Socorro. Não que eu ia morrer, mas que a Santa tinha falado comigo. Eu juro, eu sentei na cadeira, do lado, e ouvi a voz dela me dizendo pra ficar. Eu não sei qual é o plano dela e nem o motivo, mas eu tenho que ficar ali, sentada, rezando.

Socorro me olhou com cara de doida, pensando. Coçou a cabeça e mandou chamar Janete, outra vizinha. Fiquei calada esperando as duas decidirem se era verdade. Não pode ser, onde já viu a Santa falar assim desse jeito? Mas essas coisas acontecem, mulher, tu não viu aquele médico que nunca tinha ido na igreja e viu Jesus Cristo chorando? É verdade, foi tão bonito.

Quiseram saber o que eu achava e eu disse que queria ficar, porque mesmo que fosse impressão minha, que mal faria virar a madrugada rezando? Ou continuar rezando e acordada até que a Santa me falasse que eu podia ir. Isso eu não tinha planejado direito, só queria ver no que ia dar, se eu conseguia pensar em algo que me livrasse de Sérgio. Mas essa parte eu não falei.

Concordaram que eu ficaria sentada e rezando. Enquanto a gente esperava por mais sinais da Santa, seria caso de promessa. Ela tá pagando promessa, não perturbem.

Sentei na cadeira e olhei pra estátua colorida. O manto azul e branco cobrindo a cabeça da Virgem Maria, os braços abertos e as mãos com as palmas pra cima. Era muito bonita, tinha uma expressão serena, só era chato que ficasse me dizendo você vai morrer, de hoje não passa, a morte está chegando, Doralice.

Comecei uma reza murmurada. Creio em um só Deus, Pai Todo-Poderoso, Criador do Céu e da Terra, de todas as coisas visíveis e invisíveis. Não sabia se acreditava mesmo, mas por Ele todas as coisas foram feitas e por nós, homens, e para nossa salvação, desceu dos Céus. Repeti o Credo por mais de uma hora, muitas vezes embaralhando as palavras e esquecendo de alguns trechos, até que Sérgio voltou.

Tá fazendo o que aí ainda, bora pra casa. Não posso, é promessa. Que promessa que tu não me contou? Uma promessa importante, caso de vida ou morte. Rá, agora pronto, além de me fazer esperar. Desculpa, benzinho, mas sabe como é promessa. E vai ficar prometendo até quando? Prometendo não, cumprindo. Eu não queria dizer até quando, porque eu não sabia também. Só queria que a renovação acabasse logo, Socorro fechasse a porta e mandasse Sérgio esperar em casa. Ela faria isso, era bem a cara dela.

Ele ficou soltando fogo pelas ventas e foi embora de novo. Eu na reza da ave Maria cheia de graça, o Senhor é convosco. Bendita sois vós entre as mulheres. Pensando o que significava ser mulher na época de Maria, se era só engravidar do Espírito Santo e parir, ou se José também lhe puxava pelo braço e soltava xingamentos quando o dia estava num pé ruim.

Mas Deus não permitiria que a Virgem Maria sofresse assim, só na hora de Jesus morrer mesmo.

Se até eu, descrente, ou duvidosa, tinha recebido um aviso celestial para que fugisse da morte? Se bem que ninguém falou que dava pra fugir, a Santa só disse que eu ia morrer, que de hoje não passava e até mais, a gente se vê no Céu. Pelo menos eu ia pra lá.

Pai Nosso que estais no Céu, se puder me livrar do mal, amém, eu agradeço muito.

As pessoas foram indo embora aos poucos, todas me olhando com cara de interrogação. Talvez eu estivesse com uma expressão muito aflita, porque a maioria das caras se transformava em pena. Por mim tudo bem, estavam indo embora, finalmente. Socorro veio me dizer que iria trancar o portão e dormir, não aguentaria a vigília, não tinha se preparado para isso.

Ela deixou uma bandeja com suco, uma garrafa de café, dois pedaços de bolo e uma vasilha cheia de sequilhos. Coma tudo e beba muito café, pra aguentar a reza toda.

Fiquei chacoalhando as pernas, vendo a hora de Sérgio chegar esmurrando o portão, mas ele não veio. O tempo passou devagar quase parando. O medo me manteve acordada. Em alguns momentos, misturei todas as orações e cantei umas músicas de um desses padres famosos. O café ajudou demais, mas foi aí que as minhas pernas tremeram dobrado.

Ouvi um galo cantando, vi o sol entrando por debaixo da porta e Socorro apareceu na sala com cara assustada. Ah, tu tá aí mesmo, achei que eu tinha era sonhado. Sonhou nada, e tá mais pra pesadelo, eu só pensei. Continuei rezando e a Virgem voltou a sussurrar: a morte, Doralice, de hoje não passa.

Engoli o cuspe e pulei da cadeira com as batidas na porta. Era Sérgio, claro.

Cadê essa promessa que não tem fim, mulher. Espera aí que não posso levantar, vou chamar Socorro. Ô, Socorro, santificado seja Vosso nome, vem aqui abrir a porta, venha a nós o Vosso reino, que o Sérgio quer entrar, seja feita a Vossa vontade.

Ele entrou com tudo, veio direto no meu pescoço. Não se importava mais com a presença da Santa, muito menos com Socorro ali, congelada, só repetindo calma calma calma. Ele me xingou com a voz baixa. Quando alguém muito nervoso fica calmo e fala baixinho, aí você sabe que tem que se cagar de uma vez.

Sérgio, eu só tô rezando. Que reza que nada, sua rapariga, vai pra casa comigo. Não vou, não! A PROMESSA! Ele mirou bem no meu nariz e o murro pegou foi com tudo. Ouvi minha cara se quebrando, os ossinhos todos torados no meio. Comecei a chorar, as palavras se apagaram da minha boca e eu fiquei com os braços mexendo enquanto ele me segurava pelo pescoço.

Socorro foi pra calçada gritar por ajuda, alguém corre aqui, chama um homem! Na minha cabeça aquilo ali não tinha mais volta. A Santa tinha me avisado que de hoje não passava, que a morte vinha.

Olhei de lado com o maior esforço e encarei Maria, Mãe de Jesus. A estátua tão bonita que sempre peregrinava por todas as casas do bairro. O padre Raimundo sempre dizia que a Santa estava passando para nos ajudar, que deixava, em cada casa, um pouco da sua fé, da sua serenidade, da sua coragem. Muito bonita a Santa.

Sérgio afrouxou a mão do meu pescoço e eu despenquei na cadeira. Bora, mulher, que eu quero meu cuscuz. Ele foi caminhando na frente e me deu as costas. Aí eu não pensei duas vezes. Santinha, me perdoe, mas é a Senhora que vai resolver esse caso pra mim.

Peguei a estátua com a mão direita e lasquei uma cacetada na cabeça de Sérgio. Não lembro se ele deu um grito ou se foi o som do corpo caindo. Socorro chegou com dois vizinhos, mas a Santa já estava toda espatifada, os cacos espalhados pelo tapete. A poça de sangue formada no chão.

Nheim nheim

A quentura daquele carro era a quentura do meu quarto que era a quentura de todos os outros espaços. As janelas puxando todos os graus e minha tia insistindo nos ventiladores, recusando o ar-condicionado que se oferecia entre tantos botões. E eu sempre dizia que estava bom daquele jeito.

Tá, tia Mazé, pra casa de vó, eu fico lá, eu espero a senhora, tá, não tá calor, tia Mazé, tá. Eu nunca gostei de incomodar.

Na casa de vó, era uma aperreação tão grande. Tia Mazé me deixava lá quando precisava trabalhar em paz, quando queria namorar em paz ou quando queria fazer qualquer outra coisa. Em paz.

Eu, a filha de segunda mão. Que nunca gostei de incomodar. Sentava no banco da frente e dizia que achava tudo ótimo. Na casa de vó, tia Mazé? Eu gosto, sim, é bom, eu como bolo de puba, tia, leite, café com leite, vejo desenho, as plantas, tia. Ela ficava satisfeita com meu pré-relatório, seguíamos o caminho escutando as músicas das serestas que lhe traziam paz. Ao contrário de mim.

Vó passava a maior parte do tempo sentada na cadeira de balanço, que fazia nheim nheim, e eu só tinha que me lembrar de pedir a bença. Bença, vó. Um beijo na mão, quase sem encostar. Depois podia voltar pra qualquer coisa que eu estivesse fazendo.

O problema era que eu não queria fazer nada. Tinha a impressão de que todos os quartos da casa estavam sempre escondendo alguém. Uma pessoa estranha, toda enrugada, ou com a boca sem dentes, com as roupas de pano transparente e catinguenta. Uma pessoa com poderes, com a capacidade de desaparecer e aparecer em outro cômodo, com uma distorção de ruindade na voz e uma vontade muito grande de me fazer o mal.

Eu estava sempre assustada e não conseguia compreender o tamanho daquela casa. Não entendia como vó morava ali sozinha, como ela cuidava das coisas, ou por que tia Mazé me deixava lá, mas quase nunca entrava para conversar.

Só no meu aniversário de onze anos que tia Mazé entrou. Foi num pinote, começou a enfurnar as roupas de vó todas dentro de várias malas, ligou para meio mundo de gente, fez um funaré no telefone e acabou sentando nós duas no carro, eu e vó, de volta pra casa dela mesma.

O caminho todo eu fui calada no banco da frente, e só falava com a cabeça, que era pra não incomodar nem com minha voz.

Eu fiquei tão preocupada com a situação toda, que concordei em dividir meu quarto com vó. É claro que eu concordaria de qualquer forma, porque eu nunca gostei de incomodar, então de qualquer jeito eu diria que sim, tia Mazé, vai ser bom, tia. Mas, na verdade, quando chegou a hora de dormir e vó deitou na rede ao lado da minha cama, eu não consegui pregar o olho.

Era a quentura do quarto, a quentura da minha cama, que parecia até que tinha passado a tarde debaixo do sol, e o barulho do ventilador velho comendo meu juízo, mas também era um medo lascado de que uma visagem muito feia apareceria no canto do quarto, bem pertinho do espelho, e ela caminharia devagarinho até minha cama, e olharia pra mim com os olhos horríveis de aparição, de coisa-ruim, e eu morreria de susto, de pavor, de alguma coisa assim.

A rede de vó balançava fazendo nheim nheim e eu queria correr pra tia Mazé, contar dos meus medos, pelo menos como se fossem pesadelos, só que eu já tinha onze anos e também eu não queria incomodar. Então fiquei acordada com o olho mais aberto do mundo e, quando o sol saiu, fui me ocupar com a casa.

Não demorou e vó também virou minha ocupação. Na verdade, ela já não conseguia fazer as coisas sozinha. Não sempre, porque estava com o juízo fraco. Não lembrava de acontecimentos, de pessoas, e se confundia o tempo inteiro.

A intenção era vender a casa antiga e usar o dinheiro pra botar vó num asilo. Enquanto isso, tia Mazé cuidaria dela. Mas claro que não, porque o trabalho, o namoro e também a paz.

Eu assumi os cuidados. Eu sabia cozinhar, cuidar da casa, dar remédio de gente velha, ficar de olho, qualquer coisa pegar o telefone. O que eu não sabia era perder o medo.

A casa de tia Mazé era pequena, mas os poucos cômodos ganharam um clima estranho. Eu tinha quase certeza que uma bruxa apareceria pra me matar do coração. Em qualquer canto mais escuro ou no quintal, durante a noite. Ainda mais no meu quarto, enquanto vó dormia e eu me dividia entre o sono e o assombro.

Era como se vó tivesse arrastado com ela a coisa ruim daquela casa antiga.

Pra tia Mazé, eu dizia que sim, tá, tudo bem, vó come tudo, caminha no quintal, sim, o dia sentada, televisão, reza, água, sim, pode deixar. Sem incomodar, porque eu nunca gostei de incomodar. Mas eu dormia tão pouco, que vivia cochilando pelos cantos da casa. Quando era de tardinha, ave maria.

E nheim nheim a rede de novo, toda noite. Era muito pior quando tia Mazé ia pra seresta e eu ficava sozinha naquela casa pequena, amaldiçoada. Eu conseguia ouvir o gemido de cada porta e cada gota que pingasse na pia da cozinha. Os gatos se atracando no telhado também eram piores. O guarda da rua, apitando, era pior. Vó e eu. Nós duas éramos piores.

Ela não me entendia, mas aceitava meus cuidados. O que se passava na cabeça dela eu jamais poderia imaginar. Uma menina de onze anos levando remédios, café, pão de coco. Várias vezes percebia que me olhava do quintal. Ficava em pé, parada, me olhando. Dez, quinze minutos, sem sair dessa posição.

Eu dizia pra mim mesma que tá, tudo bem, deve ter esquecido quem sou, tá tudo bem, tá, tudo bem. Mas eu queria muito que tia Mazé chegasse e visse. Que ela falasse agora está na hora de levar sua vó pro asilo, compraram a casa, que bom. E eu diria sim, tia, que bom. Eu queria muito.

O máximo que acontecia era que ficava de noite, eu ligava na novela, vó sentava, eu botava o café ou a janta, tia Mazé fingia que tudo aquilo era o de sempre da vida, desde que eu cheguei de segunda mão, e eu me preparava para um sono picotado.

Durou mais ou menos assim, até que oito meses se passaram. Peguei no sono ouvindo o nheim nheim da rede e sonhei com uma bruxa que rangia uma dentadura na boca murcha. Sempre que ela raspava uns dentes nos outros, era o som da rede de vó que saía.

Fiquei o dia inteiro com a cara daquela velha ruim na minha cabeça, mas agora acho que se parece um pouco demais com vó. Tirando os exageros, os olhos pretos, as feridas nas bochechas, os cabelos muito espichados, essas coisas todas de aparição, a bruxa se parece muito com vó.

Todas as velhas horrorosas dos cantos dos quartos, todas as sombras, todas as silhuetas têm o contorno da corcunda de vó. E se eu tive um pesadelo com uma risada malvada, essa risada se parece com a risada de vó. E se duas mãos enrugadas e veiudas apareceram na minha mente, que imaginava que eu acordaria com o pescoço sendo estrangulado, essas duas mãos agora se parecem demais com as mãos de vó.

Eu não sabia se isso me trazia desespero ou paz. Se era invenção da minha cabeça ou se era realidade. A teoria de que vó era enfeitiçada, amaldiçoada, que era ela mesma a encarnação de uma peste ruim, para mim, não parecia impossível.

Então comecei a pedir a Deus que se vó fosse mesmo a coisa ruim, que Deus me livrasse daquilo, me desse alguma proteção. Porque não era justo que eu vivesse assombrada, pulando pelos cantos, e ainda alimentasse a assombração, fizesse suas comidas com todo cuidado, lembrasse dos remédios nos horários certinhos, lhe ajudasse a tomar banho, lavasse suas camisolas, fizesse tudo e mais pouco que tia Mazé não fazia pela coisa ruim.

Eu rezava todos os dias. Quando acordava, enquanto varria a casa, quando fazia o almoço e antes de dormir. Deus, tá ruim, o medo, se for mesmo, me ajude, proteja, o medo, se eu morrer, tá ruim. Eu não sabia rezar com as palavras ensinadas, então eu rezava do meu jeito, botando todo meu coração, espremendo tudo.

E foi aí que vó morreu. Numa noite dessas, em que eu metade dormia, metade tremia, o nheim nheim da rede dela parou. E continuou parado por bastante tempo, que eu até não consegui contar, do tanto que durou.

Soube que tinha coragem porque levantei pra olhar o que tinha acontecido. E aí percebi que vó não respirava.

Chamei tia Mazé no grito. Foi uma agoniação tão grande. De grito, de choro, telefone, de pegar o carro, de me dizer pra ficar em casa e não fazer nada de perigoso. Como se eu não ficasse sozinha em casa o tempo inteiro.

Vó morreu e pronto.

Se de primeiro eu tinha achado que Deus tinha levado de tanto eu pedir, em poucas horas mudei de ideia. Porque eu não consegui dormir naquele dia, nem no dia que veio depois, nem em dia nenhum.

Eu continuo cansada e vendo sombra pela casa. Continuo com a cara da velha aparecendo nos cochilos e nos pensamentos. E eu tenho certeza que é vó, que morreu pra não ter que morar em outro lugar e deixar de me assombrar.

Agora ela se mudou para o mundo das almas penadas, sem pena de mim.

Santa com a base marcada

Uma coisa que lhe trazia fascinação era a Igreja. Não a prática da Igreja, não as cerimônias, as rezas, as orações. Não a fé, não a certeza inegável de que existia um Deus, uma Mãe de Todos inquestionavelmente virgem, e mais anjos com asas enormes, trombetas, espadas de fogo. Nem a atmosfera da Igreja, com seus medos, seus deslumbres, suas segundas chances. Não era nada disso que, para ela, constituía uma Igreja. Porque tudo isso poderia acontecer numa casa qualquer, num dos piores bairros, mesmo entre os perdidos, as raparigas, os cabarés. Essa Igreja não palpável não tinha dono e podia ser transportada para qualquer lugar, mas a Igreja que ela admirava, a Igreja que abria sua boca até o barro, até o barro do qual o primeiro homem tinha nascido, essa Igreja só existia nas construções levantadas com tijolo, cimento, tinta, vitrais coloridos, estátuas impecáveis, tecidos bordados, velas, incontáveis velas, batinas, bancos de madeira, confessionários.

A avó morava perto de uma, a casinha com portas de madeira de janelinhas esculpidas. Era bonita a casa, especialmente a sala, que ostentava um altar para o Sagrado Coração de Jesus. Ali, com um quadro do Senhor Jesus Cristo, ao lado de sua Santa Mãe, Carolina gastava seu tempo entre rezas e cuidados.

A Bíblia que ocupava todo o espaço do aparador, pequeno para o tamanho do livro sagrado, era o que mais lhe chamava a atenção. A avó lhe permitia ler dez páginas por dia, para não gastar as folhas com o suor das mãos, e Carolina escolhia os livros do Velho Testamento antes de todos os outros. Achava que o Velho Testamento tinha muito mais a lhe ensinar, porque lhe contaria o início das coisas. O começo do mundo, o começo da humanidade, o começo dos pecados. Sozinha, murmurava as palavras que lia, as ordens que Deus tinha o hábito de impor.

Carolina gostava daquele Deus autoritário. Muito mais do que gostava de Jesus Cristo. Mas sua avó não sabia de nada dessas histórias, só sabia rezar.

Rezar era bom, acalmava os ânimos, os pensamentos. Repetindo sem parar, a cabeça ficava vazia. Muitas vezes começava a rezar pensando em seus problemas, rogando por saúde ou por emprego, mas dentro de vinte minutos já não sabia qual era o objetivo daquilo. As palavras lhe arrebatavam. A chama da vela se tornava hipnótica. Lembrava de Deus fazendo cair fogo, lembrava da imaginação mostrando casas sendo destruídas e animais morrendo. E nesse transe santificado aguentava uma hora ou duas.

Com tanto talento pra rezar e ler a Bíblia, Carolina foi dedicada à Igreja. Não à Igreja espiritual, dos sentimentos, de quem acredita e espera, mas à Igreja da sacristia, do padre que precisava de ajudantes, das contas que precisavam de cálculos, das toalhas de mesa que pediam lavagem. Em troca de estar entre as paredes gigantescas da Igreja, Carolina virou a cuidadora da construção e de seus objetos.

Chegava cedo, varria, limpava, organizava. Contava o dinheiro, delegava responsabilidades. Alguns achavam que era muito jovem para tamanha honra, mas Carolina nunca falhava. Doente, triste, desempregada, feliz, com fome, satisfeita, com muita ou pouca fé, Carolina respirava o oxigênio da Igreja, que para ela era melhor do que qualquer outro oxigênio.

Numa das tardes de trabalho, domingo, depois da missa da manhã, um homem entrou na Igreja e começou a tentar mover os bancos. Grunhia na empurração, mas não conseguia tirá-los do lugar. Repetia alguma coisa sobre abrir espaço, sobre precisar de espaço. Carolina logo viu que se tratava de um louco.

E agora mais essa, um doido tentando profanar a Igreja. Como vou tirar esse homem daqui, eu sozinha. Agora pronto, meu Deus.

Chegou perto, devagar, tentando ver se os olhos estavam vermelhos, se era um drogado, se era um endemoniado. O homem nem mesmo percebeu sua presença, mudou a atenção para as portas e começou a fechá-las. Repetia que precisava impedir a entrada dos outros, dos outros, dos outros.

E agora o que é isso, que outros são esses que esse doido está falando. O padre não está mais aqui, o que eu vou fazer.

— Ei, ei! O que você pensa que tá fazendo?

O homem olhou para Carolina, deixando a boca aberta e os braços para cima, como se estivesse sendo abordado pela polícia.

— Nada, nada. Eu só quero proteger a Casa de Deus.

— Proteger do quê?

— Dos outros!

O homem voltou a fechar as portas e a Igreja foi ficando escura. Carolina com uma vassoura na mão e olhar atônito. De repente percebeu que a Igreja era mesmo um lugar sem segurança alguma, todo mundo confiava no respeito das pessoas pelas Coisas de Deus, mas se entrasse um louco, um bandido, um terrorista, um endemoniado, uma testemunha de Jeová. Tudo isso poderia ser feito, e mais.

— Ei! Você tem que ir embora, a missa já acabou.

— Eu sei, a gente tem que fechar tudo.

Carolina se lembrou da avó dizendo que não se deve trocar juízo com doido, então decidiu que entraria na loucura. Enquanto o homem não agisse com violência, veria para onde aquilo tudo caminharia. Terminou de fechar as portas e perguntou qual era o próximo passo.

— Agora a gente reza.

— Reza pelo quê?

— Por um milagre.

— Qual milagre?

O homem correu para o altar, ajoelhou e começou a rezar.

Carolina ajoelhou ao lado, olhando ao redor, esperando que o padre voltasse, que alguém mais aparecesse, mas apenas o eco do pai-nosso se fazia presente. As chamas das velas dançando devagar, desanimadas sem o ritmo do vento. A face triste de Maria com as palmas para cima, como se perguntasse por quê.

Carolina também não sabia.

Que falta faz a autoridade de um profeta que ordene a queda de fogo e ranger de dentes. Eu com tanta coisa pra fazer e esse doido atrapalhando tudo. E se acontecer o pior, se for um doido que vai acabar querendo me matar? É cada coisa que me acontece. Será que em toda Igreja acaba acontecendo isso, ou é só na minha?

O tempo não passava, mas o homem rezava e chorava. Pedia livramento dos outros.

Que outros, meu Deus?

O fato é que Carolina, que prestava atenção na Virgem Maria, começou a reparar que os olhos da Santa estavam chorando também. Junto com o doido, a Santa também derramava lágrimas. Só se Carolina também estivesse doida, contagiada pela loucura do homem, mas aquelas histórias de estátuas chorosas parece que tinham chegado à realidade naquele instante. Ali mesmo.

— Você tá vendo aquilo? A Santa!

— Sim, é claro.

— É claro? Você tá vendo que a Virgem tá chorando?

— Sim, eu fiz a Virgem chorar porque contei dos outros.

Alguém precisava chegar e testemunhar aquilo, porque ninguém acreditaria numa história presenciada por um louco e mais alguém. Especialmente esse alguém sendo uma mulher que vive enfiada dentro da Igreja. Obviamente diriam que era tudo interesse próprio, para se autopromover. Carolina sabia das coisas, ela mesma já tinha argumentado parecido. As pessoas fazem de tudo pra chamar atenção, pra dizer que são íntimas de Deus como se fossem amigas.

Não dava pra ficar ajoelhada vendo a Santa chorar. Começou a tirar fotos e fazer vídeos com o celular. Diriam que era tudo montagem, mas era uma evidência a mais.

— Olha só, você vai ter que me explicar melhor essa história de outros.

O homem ficou de pé, apontou pra Santa, abaixou os braços. Olhou pra Carolina por alguns segundos, apontou pra Santa de novo. Meu Deus, que homem louco.

— A Santa está com pena de mim.

— Tá, mas por quê? Tá com pena de quê? E por que ela só tem pena de você? Não tem mais gente pra ela sentir pena?

— Tem, mas eu tive uma visão sobre os outros e vim contar.

Carolina suspirou.

Não adianta discutir com doido, a questão é essa estátua chorando. Tá chorando, eu tô vendo. Vou deixar esse homem rezando e vou chamar mais gente.

— Fica aí, viu? Eu vou chamar mais gente pra ver a Santa.
— Ninguém vai acreditar em você.
— Eu vou chamar mesmo assim.

Saiu correndo, abriu as portas que davam pra frente do altar. Viu uma senhorinha caminhando devagar pela calçada perto da Igreja e foi até ela. Com muito jeito, muito mesmo, que era pra não ser vista como doida, explicou a situação.

A senhorinha tinha os olhos arregalados. Era crente. Disse que era enganação do demônio. Mesmo que fosse verdade, era coisa do demônio.

— Eu vou lá, mas é pra expulsar.
— Expulsar o quê, minha senhora? A estátua?
— O demônio da estátua!

Então tá.

Foram as duas até a Igreja, que agora estava vazia. O doido não estava mais lá. A estátua tinha o rosto molhado, com dois caminhos de lágrimas, como quando uma mulher muito maquiada chora e a base fica marcada em duas linhas.

Tudo fechado, as velas apagadas, a Santa com a base marcada e a cara molhada. A velha na dúvida se era o Diabo ou mentira. Sendo que mentira também é coisa do Diabo.

Os fatos dos gatos

A campainha tocou, depois vieram três batidas fortes no portão com a voz do carroceiro gritando Selma, esse gato é teu?
Foi ver o que estava acontecendo, mais por curiosidade do que por qualquer outra coisa, já que não tinha danado de gato nenhum. Quando abriu a porta, viu um gato morto estirado no riozinho do esgoto. A água preta afogando parte do corpo.
Primeiro fez cara de nojo, depois de pena. Ficou olhando para o gato. Os olhos abertos, a barriga amassada e um pouco das tripas saindo. Nunca tinha visto tripa de gato. Mas esse gato é teu, Selma? Não vi quem matou. É teu? Não é, Tonho. Mas tem que ver isso aí, né? Vai deixar o bicho assim no meio da rua? Não vou, Tonho. Assumiu o compromisso de se livrar do gato, mais porque a calçada era dela do que por qualquer outra coisa.
Pegou um saco de lixo, botou duas luvas de borracha e se agachou pra pegar o gato como se os dedos fossem pinças. Aquele nojo lascado, o fedor, as tripas. Olhou bem fundo nos olhos mortos do gato e sentiu uma pontada na boca do estômago. Que maldade fazer uma coisa dessas com um animalzinho. Só porque é gato de rua. Esse povo ruim. Povo amundiçado, sem educação, sem compaixão, sem limites. Um dia ainda vou me mudar dessa rua desgraçada.
Entrou em casa com o gato dentro do saco.
Pensou em colocar o gato ensacado dentro de uma caixa de papelão, misturar com os outros lixos da casa, restos de comida, cacos de um copo quebrado. O caminhão do lixo passa à noite, não vai demorar tanto. Deu-se por satisfeita e foi assistir à televisão.
Meia hora depois ouviu um miado. Levantou da poltrona com toda rapidez e foi conferir o gato no quintal. Estava lá, fechado no saco preto. Mas o miado insistiu. Oxe. Saiu procurando, olhou de-

baixo da mesa de centro, atrás do sofá, no banheiro, na garagem e parou finalmente na cozinha. O miado finíssimo e tremido vinha de um gatinho bem pequenininho, magro de dar dó, que mal parava em pé. O bichinho cambaleava, miava, tombava para o lado, depois levantava e começava tudo de novo. Selma olhou em volta, tentando achar o lugar de onde o gatinho surgiu. Nada.

Vem cá, bichinho. Pegou o gato com as mãos e trouxe para perto do pescoço. Cheiro de leite. Será que tem dono?

Resolveu procurar pela rua. De porta em porta, saiu perguntando se alguém tinha perdido um gatinho bebê. Tão pequeno, filhotinho, uma tristeza ele perdido. Foi parar lá em casa, acredita? Selma se acabando de pena.

Ninguém sabia do gato, da mãe do gato ou do dono. Selma voltou para casa e o gato miau, miau. Agoniou-se, separou uma vasilha e botou água pro bichinho. Ele bebeu que parecia vir da seca. Selma ficou com mais pena ainda, trouxe carne moída temperada com cebola. Ficou assistindo ao gatinho comer e miar.

Quase não escutou o caminhão de lixo na rua. Correu sacudindo a caixa de papelão cheia de comida estragada e de gato estragado, até que alcançou um dos homens com roupa laranja. Quando voltou, o gato pequeno tinha sumido.

Procurou de novo debaixo de todos os móveis, dentro da lixeira do banheiro e até dentro do vaso sanitário. Sem miado, sem pistas.

Ficou preocupada. E se o gato tivesse saído? Perdido na rua, daquele tamanho. Um pingo de gente. Seria uma pessoa da pior qualidade se deixasse um bebê de gato solto na rua. Aquele povo ruim. Quantos gatos já não apareceram envenenados? E os atropelados, escaldados, estripados, despelados e esfomeados. Esse povo não gosta de gato. Não que eu goste tanto assim, mas fazer mal é outra coisa.

Foi andando pela rua e fazendo psssss psssss. Cadê o gatinho. Tu viu um filhote de gato, Tonho? Viu não. Ninguém sabe de nada. Dava vontade de xingar todo mundo. A noite já escura, não tinha nem lua no céu, e Selma atrás de um gato que apareceu e desapareceu no mesmo mistério.

Cansou de procurar e voltou para casa. Ligou a televisão e o miado veio de novo. Dessa vez mudava de cômodo: cozinha, banheiro, corredor do lado de fora. Selma procurando o miado danado que não deixava de arrumação. Foi outra vez no quintal e encontrou a caixa de papelão, a do lixo e do gato morto, escondida debaixo do tanque de lavar roupa. Oxe.

Estava lá a caixa. Do mesmo jeito que Selma tinha arrumado de tarde: um saco preto com um volume de bicho dentro, duas sacolas verdes com resto de comida e cascas de frutas e um monte de caco de vidro. Mas não tinha entregado a caixa pro caminhão do lixo? Tinha, sim. Foi na hora que o gatinho pequeno fugiu. Peraí, não fugiu nada, olha ele ali na cozinha.

Chegou perto contando os passos. Que diabo é isso? E alma de gato encolhe depois que o bicho morre? O gato miau miau, como se estivesse respondendo.

Selma ficou com medo e correu para se trancar dentro do quarto, mas o gatinho veio atrás e começou a arranhar a porta. Nem parava em pé, o desgramado, e agora está aqui azunhando minha porta. É atentado esse bicho. Isso é coisa-ruim.

Botou uma cadeira contra a porta, só pra garantir, e se embrulhou no lençol. Caiu no sono que nem viu.

De manhã, ainda meio medrosa, saiu do quarto. Psss, psss. Nenhum gato deu sinal de vida ou de morte.

Escovou os dentes, cortou um mamão no meio. Mal sentou na mesa para comer e lá vem o miado. Esse era mais forte. Chegou na cozinha direto da boca de um gato preto adulto, gordo, com cara de saudável.

Mas e agora isso aqui virou o quê?

Saiu pro quintal e nada da caixa nem do gatinho bebê, só tinha o gato preto recém-chegado. Tinha dono? Não ia procurar. Fica aí, gato preto. O bicho subiu no balcão da cozinha e foi beber a água que se formava em poça na pia.

Selma decidiu ignorar o gato pra ver quanto tempo ele duraria na casa. O gato quieto, Selma quieta. A vida seguindo, o telefone tocando, o leiteiro vindo deixar o leite, a televisão o dia inteiro ligada, o almoço, a janta, o café da manhã, o mamão cortado ao meio. E o gato preto lá, continuando.

Passou uma semana e Selma aceitou que o gato agora era dela. Deu o nome de Julieu, achando graça. Era uma companhia.

Ficavam juntos o tempo todo, grudados. Julieu sentava no colo de Selma e ronronava. Assistiam a filmes e documentários, dormiam na cama, sentavam no quintal de manhãzinha pra tomar o sol do horário bom. Foram semanas de amizade, de grude, até que Julieu sumiu.

Selma tentou mobilizar a vizinhança para encontrar Julieu, mas na verdade ninguém se mexeu pra ajudar. Ninguém nem sabia que Selma tinha gato. Era como esse gato, Selma?

Preto, gordo, saudável.

Ela ficou procurando sozinha, sofrendo de saudade. Viu um gato preto descendo de uma árvore e agarrou no maior alvoroço. O gato soltou um grito altíssimo e arranhou o pescoço de Selma. Não era Julieu.

Um mês depois, quando Selma já tinha vivido parte do luto, Julieu voltou. Com ele, uma gata branca toda pintada de laranja e preto. Os olhos amarelos enormes.

Selma ficou tão feliz com a volta do gato que aceitou a nova moradora de braços abertos. Comida em dobro, colo em dobro. Que sorte que era mansinha. Se antes estava bem acompanhada, agora estava melhor ainda. Deu para a gata o nome de Romeia.

Só que Romeia não foi a única. No outro dia, Julieu trouxe um gato cinza com manchas brancas. Na semana seguinte, trouxe um laranja. Depois, um tigrado.

Julieu foi trazendo gatos e mais gatos, enquanto Selma servia comida, separava brigas, ajeitava caminhas e brinquedinhos. Quando decidiu contar quantos moravam na casa, o número já era maior que dez. Gastava tanto dinheiro com os gatos que daqui a pouco precisaria dividir o corpo em dois e se aposentar com o outro para que o dinheiro pagasse todas as despesas.

Preocupada, começou a anunciar que tinha gatos para adoção. Foi, de novo, de porta em porta. Olha, eu tô cheia de gatos, eu preciso arranjar adoção. Se souber de alguém que quer adotar um gato. Tu não gosta de gato?

Saiu pregando papéis com o número do telefone pelos postes. Oito oito quatro cinco três meia zero quatro. Gato siamês (parece, pelo menos) para adoção. Adote uma gata pintada. Gato branco com olhos azuis. Se você gosta de gatos, se você tem dó dos gatinhos abandonados. Todos lindos, bem cuidados, vão com brinquedos.

Falou pro leiteiro, pro homem da SUCAM, pro funcionário que veio medir o relógio d'água. Por favor, avisem pra mais pessoas. Espalhem por aí. Contem pra todo mundo.

Selma soube, por Tonho, que os vizinhos falavam mesmo. Diziam que ela estava louca, que ninguém via esses gatos. Mas é porque eles ficam dentro de casa, Tonho. Quer ver? Venha cá, entre. Chegue aqui.

Tonho foi seguindo Selma. Ela chamou Julieu e Romeia, chamou todos, cada um pelo nome que tinha dado. Nenhum veio. Só aquele monte de bolinhas, penas, varetas, arranhadores, bichos de pelúcia, ervas de gato e roupinhas de gato. Tinha tudo, menos os gatos.

Estão se escondendo, Tonho, pode ter certeza. Vivem fazendo isso comigo. Julieu sai toda noite, no outro dia volta com um amiguinho novo. Eu cuido deles, né? Fazer o bem para os bichinhos é remédio pra alma. Eu não fico mais sozinha, tu sabe como eu vivia sozinha. Tá me olhando assim por quê, Tonho? Opa, viu ali? A sombra, ali! Era Julieu, certeza. Uma sombra preta gorda, só pode ser de Julieu. Que foi? Tá indo onde?

Tonho deu uma corrida com os pés juntinhos e escapuliu para o quintal. Que cheiro horroroso é esse, Selma? Ave Maria, é carniça pura. Selma sentiu um choque no corpo, parecia até que tinha enfiado todos os dedos em vários buracos de tomada. O que é aquela caixa ali no meio, Selma? Tonho foi chegando perto. Quando abaixou a cabeça, deu um grito.

Graça

Graça, essas tuas mãos debulhando feijões-verdes na calçada.

Graça, essas tuas mãos.

Graça, Graça.

Queria um pouco de tua vontade de viver, mulher. Queria usar essas roupas de malha fina, que se gastam todos os dias com a repetição de cada uma das tuas alegrias. A tua alegria da manhã, líquida, garrafa térmica, xícara duralex. A tua alegria do almoço, feijão-de-corda, coentro, panelas de alumínio. A tua alegria que se estica até a noite, marcada pelo relógio das novelas. Imagino. Graça.

Mulher, escutei tua voz quando vinha lá da linha do trem. Passei perto de tua casa e quis curiar. Jogar meus olhos como britas lançadas por baladeiras. Que você segurasse meus olhos com essas tuas mãos, Graça. Essas mãos com unhas curtas, esmalte descascando. Uma cor diferente a cada semana. Graça, tuas cores são cheias de triângulos, zabumbas, pífanos. Tuas cores firmam meu corpo numa realidade boa. Graça, como é possível que exista uma realidade boa? Só essa que é tua, Graça.

Quando você vai buscar sabão na mercearia e de repente todos estão sorrindo. Graça, bom dia. Todos estão bem, todos desejam que o dia vá bem. Os produtos de limpeza e os sacos de arroz, Graça. Por que tudo é tão mais cheiroso e cozinha mais rápido? Essas tuas mãos que devem saber as medidas exatas de todos os temperos. Pediria que me desse merenda na boca.

Passe devagar na frente de minha casa, Graça. Quero dizer as coisas abestadas que sei dizer e estão tão acima de ti. Mulher, tá boa? E o calor? O calor, Graça. De tuas chinelas levantando terra, de teus dedos segurando sacolas, de tua vassoura varrendo o esgoto. Essas tuas mãos, Graça, que me dizem oi de longe. Eu, emocionada, seguro o instante em que você reconhece quem sou. Sorriso, alegria, essa tua alegria.

Graça. Sempre cheia.

Não tem onça na serra

Ninguém mais levou barraca. Uma barraca só pra seis pessoas. Seis pessoas, caralho. Como pode, isso porque Fabinho avisou. Avisou e ninguém levou, aí ficou todo mundo naquela situação, confiando que não ia chover, beleza, não vai chover, de boa, vamo lá no shopping, a gente encontra Zarôio lá, pega a topique, beleza.

    Chegou todo mundo no shopping, foi comprar um pacote de pão, todo mundo lembrou de levar cachaça e maconha, mas comida nada, e o dinheiro era contado pra topique, nem pra uma emergência. Já tava pensando que a ideia era de acampar, que ideia, não fui nem olhar na internet o que precisava pra acampar, só confiei que era barraca, que os meninos tinham que levar pelo menos duas, pelo menos, assim no mínimo, e que tinha que levar comida, e repelente, e coisa pra ter luz, e coisa pra fogueira, e comida, comida, pelo amor, e aí entrava a cachaça, a maconha, o que fosse, que era enfeite, era um a mais, quer dizer, era prioridade também, mas não era só isso. Eu tava com cara de bicho. Puta pra caralho. Eu tinha quinze reais, fui comprar um saco de pão, comprei uma coca e um pacote de bolacha recheada, falei se vira aí, vocês, quem trouxe alguma coisa, Zarôio tinha trazido banana. Quem leva banana, bicho? Quem leva banana? Beleza.

    Foi todo mundo esperar a topique, subiu na topique, foi de topique até o ponto que deixa já na serra do Araripe, só que tinha que andar um trecho ainda. Andei, eu odeio andar, mas andei, ninguém me avisou que a topique não deixava na entrada da trilha, aí apareceu a trilha, foi todo mundo a metade da trilha até chegar no canto pra armar a barraca e arrumar o tal do acampamento, entre muitas aspas, chega dá ódio, bicho, que ódio do cão.

    Ficou de noite rápido, ainda bem, e a gente começou a beber, e segurou a comida pouca que tinha porque logo ia acabar e a gente ia ficar com fome até de manhã, porque depois que amanhecesse a gente ainda ia voltar a trilha, descer a estrada da serra toda, pegar topique, depois descer no centro, pegar um ônibus, voltar pra Juazeiro, cada um dar um jeito de voltar pra casa, voltar pra casa e só aí comer em casa.

Segura a fome, bora beber, tem cachaça de sobra, lasca de beber, segura a maconha que também tem pouca, ninguém quis maconha, só eu e Fabinho. Aí a gente fumou e me deu uma fome de deixar cába doido, mas mesmo quando eu tava lá segurando, segurando, começou a cair um toró, foi todo mundo pra dentro da barraca, um frio danado porque ninguém tinha roupa de frio, quem é que tem roupa de frio no Cariri, você me diga, no máximo tem uma jaqueta, tchau e bença, nem isso ninguém levou, e a barraca já sem aguentar o toró, entrou um monte de água, a gente dentro da barraca com água pela canela, tremendo de frio, todo mundo ali junto apertado, mas de certa forma foi bom porque esquentava um pouco, dentro do possível porque tava todo mundo gelado. Eu querendo chorar, porque eu sinto logo vontade de chorar quando me dá raiva, eu xingo até gastar a raiva e depois eu choro. Aí parou de chover, saiu todo mundo, botou a fogueira, começaram a assar banana na fogueira, ficou ruim feito a peste.

Depois ficou todo mundo com medo, cabreiro, a gente ali no meio, a barraca toda estronchada pela chuva, a fogueira, a banana tinha acabado, o pacote de bolacha recheada tinha acabado, eu morrendo de fome por causa da maconha que parece que tinha batido só em mim, Fabinho falando que era perigoso ali, é perigoso, é perigoso, Zarôio é nada, quem é que vai vir aqui, tem ninguém pra roubar, Fabinho tem sim, o pilantra já sabe que vem gente fazer trilha, Zarôio mas quem vem fazer trilha de madrugada abestado, Fabinho oxe vem fazer trilha de dia e fica pra acampar, aí todo mundo ficou convencido e com medo, todo barulho ou era pilantra ou era bicho, mas que bicho, não tem onça na serra, bando de otário, seus otários, eu puta e com fome.

Aí bora colocar música pra tocar, quem tivesse mais bateria no celular, mas ninguém queria gastar porque aí não ia ter como ligar pra mãe e pro pai, ficou nessa até que Cauê falou que botava, colocou lá a música, mas ninguém aguentava um minuto da música, falava pra passar pra outra, pra outra, bota a outra, aí Zarôio ficou invocado, disse que ia tomar conta do celular e do que ia tocar, botou Lady Gaga. Só Zarôio mesmo pra achar que aquela situação todinha combinava com "Born This Way", mas melhorou um pouco o humor mesmo e aí a playlist toda ficou em música pop, melhor do que botar música de corno, só faltava alguém chorar ali, todo mundo bêbo.

Depois que acabou a cachaça, Fabinho foi inventar de ficar pulando a fogueira, corria e pulava, corria e pulava, e se queimou e ficou ai porra, é uma porra, que caralho, aí pegou terra molhada e botou em cima, e eu menino isso vai inflamar, ele nem aí, quem se importa, ninguém escuta nada, não leva barraca, não leva comida, tem a ideia de acampar na serra sem saber nada de acampamento, depois fica com medo até de onça, sendo que nem onça tem, que pilantra que vai subir aquela serra, só a gente que é otário pra subir aquela merda e virar a noite ali, morrendo de fome. Aí eu lembrei do saco de pão, eita porra deixei o saco de pão pra fora na chuva, ninguém levou pra dentro pra ficar segurando.

Procurei em volta da barraca e o saco de pão tava atrás, sujo de terra e eu me confiando que pelo menos tava fechado, mas tinha um pouquinho aberto, aí eu me confiei que pelo menos só os de cima que tinham molhado, aí eu abri o saco de pão, pense aí, e tava tudo meio molhado ou meio úmido e tinha um pouco de terra aqui e ali, mas eu comi mesmo assim, porque eu tava com uma fome da desgrama, porque eu só tinha a maconha, a fome, a raiva, Lady Gaga, a gente era uma ruma de otário esperando amanhecer e eu queria pão, o pão molhado e com um pouco de terra, mesmo assim.

Beata princesa

Desde que a viu pela primeira vez, ficou encantada. Visitava o Horto num passeio escolar, quando encontrou a estátua de tamanho real daquela mulher de pele escura e expressão triste, ao lado da estátua do Padre Cícero. Não conteve a curiosidade. O sentimento.

Era linda aquela mulher. Seus olhos pintados com cuidado, tímidos, evitando o contato com os visitantes. A cena montada para contar a história, que ela até escutava, mas também construída para apaixonar corações dispostos. Como o dela.

Beata Maria de Araújo, o nome que lhe atraía. Essa palavra Beata era especial, como o título de rainha, princesa ou imperatriz. Imaginava a Beata com vestidos bufantes, dançando com gestos delicados, descendo escadarias de castelos, uma coroa de cristais ou diamantes.

Era santa, isso sabia. Tinha feito um milagre. Sua boca transformou uma hóstia em sangue. Não entendia por que transformar algo de comer em sangue, que tem um gosto tão ruim, mas era um milagre, lhe explicaram que aquele sangue representava o sangue de Jesus. Só poderia ser coisa muito bonita, então, essa proximidade com Jesus. Coisa de princesa linda.

Amava muito a Beata. Pediu uma estátua para os pais, mas não lhe deram. Então pediu para visitar o Horto novamente. Levou seu caderno e uma caixa de lápis de cor para tentar desenhá-la. Era uma tarde tranquila, fora do tempo de romaria. Ficou duas horas sentada no chão, desenhando concentrada, tentando capturar os traços de sua querida Santa. A roupa, seu olhar para baixo, o nariz, a pele escura como a sua, o cabelo crespo como o seu.

Voltou para casa satisfeita. Colocou todos os desenhos que fez pelas paredes do quarto. Mais de quinze. A Beata de vestes negras cuidando de suas brincadeiras, dos momentos de estudo, de todos os seus sonhos.

Novo elemento

Várias casas tinham suas fogueiras pré-montadas nos pés das calçadas. Foi a primeira vez que montei a minha. Pedi que o menino de Zefa trouxesse muito pau, muita madeira, tanto quanto fosse necessário para montar a maior fogueira da rua.

Eu nunca gostei de São João, sempre fiquei trancada dentro de casa. Os traques e as bombas me angustiavam, transformavam minha cabeça num depósito de raivas e fumaças que se perdiam entre as imagens da televisão, que eu não escutava direito, tamanho o bombardeio do lado de fora. A fumaça entrava de qualquer jeito, ainda que eu tapasse as brechas das portas com panos molhados, ainda que eu ligasse todos os ventiladores. Eu me sentia refém e muito pequena, os olhos ardendo. Até que o São João acabasse, era perturbação. Tosse, cuspe, garganta pedindo cama.

Mas neste ano eu mudei de ideia, cansei de guardar para mim os estouros e a vontade de insultar todas as pessoas. Pedi que o menino de Zefa me ajudasse a fazer minha própria fogueira e ela seria a maior fogueira da rua.

E como eu quis, assim foi.

Cada pedaço de pau muito bem equilibrado um sobre o outro, de tal forma que, se um fosse puxado, principalmente algum de baixo, toda a minha estrutura viraria um balaio desmontado e digno de pena. Mas consegui manter minha torre de pé. E consegui colocar fogo ali. Vi o fogo pegar como um milagre de vida. Admito que inesperado. Julgava que os paus eram apenas um exagerado amontoado, talvez madeiras verdes e úmidas, choradas, imprestáveis para as chamas. No entanto, o fogo veio forte. Rápido. Subiu e cresceu.

Começou com seus estralos melodiosos e eu pude escutar um por um, mesmo entre as bombas, traques e chuvinhas que as crianças menores queimavam atrás de mim. Tanta distração visual e brilhante ao meu redor, tantos sons de risadas, de choros, explosões, um carro com o porta-malas aberto e um forró qualquer tocando. Nada afastava os meus olhos da minha fogueira. Nada me impedia de escutar aquelas pequenas vozes em tra tric trac que falavam comigo.

Eu senti muita paz e escutei a beleza que o fogo me contava. Senti arrependimento porque não ouvi antes o seu chamado. Pedi perdão à fogueira porque não tinha vindo nos outros anos. É que eu estava confusa, é que eu precisa estar só, é que as pessoas são difíceis, é que nem sempre quero estar. Eu senti que o fogo me compreendia. Se alguém na vida me compreendia, esse alguém era o fogo.

Fiquei sentada ao seu lado, no chão. Poderia ser um pouco desconfortável sentir o chão, com as pedras inconstantes, algumas mais altas do que as outras e aquela terra onde os cachorros mijam, mas achei que era o lugar apropriado e íntimo.

Em nenhum momento a fogueira me queimou, ela não expulsou nada contra meu corpo. Permaneceu exuberante, adornada e orgulhosa durante toda a noite, até que as pessoas foram entrando em suas casas e abandonando as próprias fogueiras. E isso me trouxe uma facada de tristeza entre as costelas esquerdas, uma facada de raiva nas costas, um gelado de incredulidade que foi até meus olhos, embaçados, e moraram ali por alguns minutos, acompanhando as cadeiras que eram botadas para dentro, as crianças bocejando, as bombas cada vez mais espaçadas, as fogueiras que eram desprotegidas para a extinção.

Nesse engasgo, prometi à minha fogueira que a manteria viva. Ficaria com ela, alimentando o nosso fogo.

Ainda tinha bastante madeira, e juntas aguentamos até amanhecer, só entrei para casa em busca de café, o que, sinceramente, nem sei se fez tanta diferença, pois o que me mantinha acordada era o desejo que ardia. O sentimento de, pela primeira vez, enxergar o que me via.

Aguentei, mas então fiquei preocupada. A madeira ficou pouca e as chamas baixas. As pessoas começaram a acordar e sair para suas vidas normais. Olharam para mim, é claro. Quem não olharia? Eu sei. Mas o menino de Zefa também passou e eu pedi ajuda. Ele me prometeu voltar com pau, madeira, tudo. Enquanto isso, joguei algumas das minhas roupas. Não queria jogar minhas roupas novas, compradas com dinheiro suado, com suor difícil, então escolhi as roupas de quando eu era criança e minha mãe me obrigou a guardar comigo. Entocadas em caixas de sapatos, esquecidas nos saltos do guarda-roupa. Joguei todas e mais um tubo de álcool.

O fogo subiu lindo. Lindo. Coloriu meus olhos de laranja e amarelo. Quente, me abraçando. Minha fogueira era maravilhosa. Logo tinha novamente a madeira, mas eu quis incluir mais coisas para garantir, já que estava anoitecendo.

Entrei de novo em casa e peguei meus diários, até os de agora, onde narrei mil coisas dos meus dias, até alguns acontecimentos anteriores ao São João. Papel queima rápido, as chamas não foram tão grandes. Porém, mesmo as pequenas labaredinhas cumprem seu papel.

Naquele momento, aprendi mais uma lição. A fogueira foi generosa comigo e quase a ouvi me pedir mais uma coisa. Não estava certa disso, mas imaginei, ponderei. Sentada no chão, entre as pedras que oscilavam, sendo assistida pelos vizinhos, pelas motos, pelos carros, pelas crianças com suas bolas e bicicletas, eu pensei que poderia ser, que era e que seria.

Entrei em casa, peguei a tesoura da gaveta da cozinha, a que eu usava para cortar embalagens, e dessa vez cortei meu cabelo.

Deixei rente a cabeça, as ondas leves comentando entre si sobre a podação da vegetação com creme finalizador de cachos. Os fios, muitos e muitos, espalhados pelo chão. Recolhi, juntei fazendo uma rede com minha blusa.

Em frente à fogueira, conversei com o fogo.

Era isso? Algo mais? Primeiro isso, então.

Joguei os cabelos devagar e compreendi outra coisa. Muito mais profunda e que se entranhava aos finos e médios troncos. Uma voz que ardia na mesma garganta que me falava e que eu falava.

Neste momento, me esqueci das pessoas. Eu, o fogo que usava a fogueira para conversar comigo. Generosidade de um ser que por vezes vem pela natureza, por vezes vem pela nossa intervenção.

Que bom que pude trazê-lo.

Ele me agradecia pela confiança. Eu, em lágrimas, sentia meu corpo novo elemento.

Como é ruim cair num buraco

Ontem tinha caído um toró. As pedras da rua ficaram todas soltas, assanhadas, como se fossem os cabelos do chão e uma mão gigante tivesse bagunçado o penteado inteiro. Tinha pedra e buraco pequeno pra todo canto. Muito lixo pelo meio da rua também. As sacolas abertas, possíveis obras dos cachorros.

O fato é que a rua estava uma bagaceira. Buraco nela toda, principalmente um enorme do lado do muro do colégio. E foi justo nesse buraco gigante que o coitado caiu.

Vinha andando devagar, arrastando uma corda, todo magro e com jeito de quem daqui a pouco morreria de fome. E aí despencou. Eu vi na horinha mesmo. Fui correndo, com medo dele ter se machucado demais ou até morrido. Eu não sabia a profundidade do buraco.

Chegando lá, vi o pobre deitado meio de lado, tentando se ajeitar. Tinha um machucado no pescoço em carne viva. Deu tanta pena. Se eu tivesse visto antes, teria ajudado, mas agora também a urgência era tirar o coitado dali. Se vocês vissem. Ele indefeso, o olhar confuso, nem gemia.

Segurei foi muito o choro e me avexei pra chamar os vizinhos. Vieram umas oito pessoas, todo mundo debatendo o que fazer pra tirar ele de lá. Um monte de ideia ruim, até que uma pessoa chamou os bombeiros.

Ficamos lá fazendo vigília. Ainda bem que o tempo estava bom, nublado, podia chover de novo pro fim da tarde. O pobre dentro do buraco. Não se mexia e não reagia. Só olhava pra gente com os olhos tristes, assustados. Às vezes conformados mesmo. Não tinha força nas pernas, talvez estivessem quebradas devido à queda muito brusca. E também o susto faz isso.

Pior que os bombeiros não chegavam. Eu, pessoalmente, nunca tinha visto os bombeiros em parte alguma. Não tinha visto nenhum incêndio, nenhuma pessoa tentando se matar que eles tentassem convencer a viver, nenhum animal em cima de um pé de pau, nem uma situação de risco de morte pra dar jeito. Se eles viriam, com certeza ia custar.

Já tinha gente querendo ir fazer o almoço, cansando da situação. Aí fiquei invocada. Tinha ali um coitado, frágil e sozinho, machucado num buraco fundo, e as pessoas queriam só viver normalmente? Cadê o coração dessa gente?

Viram que eu estava tão braba que um deles se alumiou e teve a ideia de cavar as bordas do buraco. Ir destruindo o buraco pela beira, até ir ficando menos buraco. Pense num trabalho. Tinha que tirar as pedras também. A chuva arrancou e afolozou uma aqui, outra ali, mas era tanta ainda.

Só que eu me comprometi. Quem tinha enxada e pá, trouxe. Eu e outro rapaz fomos os mais trabalhadores. Os outros faziam um pouco e logo cansavam. Voltavam depois de vinte minutos ou mais. Mas eu estava decidida, eu nunca tinha visto tanta tristeza num olhar. Tirava uma pedra a muito custo e pensava no pescoço em carne viva que precisava ser lavado, precisava de um remédio. Tirava outra pedra, tirava a terra, botava no carrinho de mão. O tempo todo pensando se ele sentia dor, se estava com frio, se estava com muito medo. Como é ruim cair num buraco e depender dos outros. Depender que exista gente boa pra lhe acudir.

O buraco mesmo só ficou melhor quando era umas cinco horas e, como eu tinha previsto, começou a chover. Aí foi uma correria da mulesta pra tirar ele de dentro. Quem entrou foi Virgílio, amigo de meu marido, e o filho de Aline, cabeleireira. Do lado de fora, eu ajudei Marciel e Freitas, do lava a jato. Ajudei como pude, segurei as duas pernas enquanto Freitas pegava pela cabeça e Marciel pegava por trás.

Quando o bichinho estava no chão da rua, já fora do buraco, eu me lasquei de chorar. Foi um alívio tão grande. Quis adotar pra mim, amarrar no terreno do lado da minha casa, na sombra, nunca mais deixar ele ficar magro e com bicheira. O bichinho, meu Deus.

Eu fiquei com ele na chuva, pastorando pra ninguém fazer o mal. Esperando pra ver se os bombeiros vinham. Quando chegaram, o jegue já tinha se levantado. Não quebrou as pernas, o congelamento era dos nervos.

Trouxe ele pro lado de casa, lavei a ferida, deixei ali protegido da água onde tinha mato pra comer. Fui cuidar da vida.

No outro dia, parece que o dono já tinha levado.

Olhos de cacimba

Faltavam seis meses para a data de se aposentar. Finalmente teria o descanso na casa pequena pra lá de Farias Brito, a casa que comprou por causa das janelas coloridas, uma azul, uma verde-bandeira. Queria, junto da casa, um gato que soubesse voltar sozinho quando sentisse saudade, e tempo para assistir à coleção de DVDs adquirida aos poucos, muitas vezes como presentes dos netos empolgados com filmes cheios de efeitos que deveriam distrair a cabeça cansada, mas acabavam cansando a vista.

O que mais lhe exauria era a coluna escoliosada, tortificada, retorcida como pano de chão molhado. Uma vida inteira carregando uma linha de ossos movimentando-se como cobra, incapazes de seguir em reta, senão poderiam se quebrar. Pelo menos era isso o que tinha aprendido sobre as cobras. Mas também tinha aprendido certa coragem e, por essa ousadia, decidiu fazer a cirurgia.

Os filhos acharam uma imprudência. Já viveu tanto tempo assim, mamãe, a mais velha falou. O mais novo disse que podia morrer na mesa de operação ou ficar aleijada, imagina ficar toda entrevada. A mais velha concordou, ia ser a coisa mais desgraçada, sendo que o risco, a dor do pós-operatório.

Josélia não queria saber. Não entendia como tinha criado dois filhos assim, tão diferentes dela mesma. Tão parecidos com o pai, que nunca tinha dado as caras. Essa coisa de sangue é feito monstro, vampiro ao contrário que injeta a doença da similaridade. Você cria os filhos sozinha e eles crescem para ser tudo o que você passou a abominar, a imagem cagada e cuspida do macho que os abandonou.

Mas a paz estava próxima. A coluna arrumadinha, a casa nova pra lá de Farias Brito. Longe de todos, longe das irmãs inconvenientes que sempre apareciam justo na hora do almoço. Longe dos filhos, que lhe jogavam os netos. Criança boa era a dos outros. Nem a sua própria criança era boa o bastante. Você tem aquele amor sufocante, que parece que vai te matar de preocupação e deslumbramento, mas precisa dividir esse sentimento com a raiva das sujeiras nas roupas, dos objetos quebrados, das amizades erradas. Antes que precisasse repetir tudo, ia pra lá de Farias Brito.

E pra ninguém jogar na sua cara que tinha dado trabalho, feito criança, arrumou uma cuidadora, técnica em enfermagem, pra acompanhar no pós-cirúgico.

Fátima veio recomendada pela amiga da filha. Apareceu como um redemoinho em dia quente, levantando a terra toda. Incomodou com a voz alta e os pés pesados, mas tinha os olhos bons. Josélia sempre entendia os olhos bons que guardam poços de histórias tristes. Olhos de quem estava acostumada a afundar injustiças no fundo do corpo. Fátima tinha esses olhos com as pálpebras caídas, rechonchudas.

A intimidade entre as duas veio junto com a dor das costas moídas. O médico teve que quebrar sua coluna, reconstruí-la e colar tudo com um cimento feito de seus próprios ossos. Pelo menos era isso que Josélia tinha compreendido. Evitou procurar detalhes técnicos. Imaginar a cirurgia lhe dava uma aflição gasturenta, mas tentou explicar apenas o suficiente para quem veio lhe visitar.

Fátima estava lá com as mãos firmes. Não usava despertadores, para não acordar Josélia sem necessidade, mas nunca perdia os horários dos medicamentos. Cuidava dos banhos, servindo não só de apoio, com seus braços que se ofereciam gentis, mas também de esponja. As mãos eram rápidas. E deixaram de ser desconhecidas com o passar dos dias.

Amigas, faziam piadas dos roncos, das rabugentices contra os programas da televisão. A pouca diferença de idade aproximava as histórias. O pai de Josélia não permitiu que passasse da sétima série; Fátima teve que sair de casa para continuar os estudos. Josélia casou cedo, um tipo de casamento arranjado pelos interesses das famílias que queriam negociar terras no Araripe; Fátima nunca se casou nem teve filhos, mas teve muitas paixões. Não queria falar das paixões, tinha sofrido muito. Eu também sofri muito, Fátima, mas porque fui largada sozinha com duas crianças e nenhum trabalho. Meu pai já falecido, minha mãe à beira da morte. Consegui um trabalho como secretária só porque o chefe era um amigo de meu pai. Trabalhei com ele e depois com o filho dele até poucos meses atrás, até agora que estou me aposentando.

Fátima alongava os olhos de cacimba. Sempre tinha muito silêncio quando a vida era conversa.

Talvez pelos cuidados que nunca falhavam, talvez pelos chás que sempre chegavam na exata temperatura para que fossem bebidos sem espera, Josélia passou a gostar das pisadas de Fátima. Sua voz já não era tão aguda nem tão grave. Tinha o timbre de uma voz plumática, feita para deitar a cabeça e deixar os cabelos se embaraçarem. Era uma voz que sabia escutar. Repetia aham, eu sei, eu entendo, que coisa, acho isso um absurdo, e Josélia achava lindo que alguém achasse absurdos junto com ela.

Caminhava devagar, de braços enrolados com Fátima. Pisadas miúdas enfiadas em chinelos de pelúcia. Depois, subia e descia alguns degraus das escadas. Progredia, melhorava, se sentia quase pronta. A casa pra lá de Farias Brito já ganhava as janelas muito coloridas, a geladeira cheia de ímãs, o fogão com panelas vermelhas cozinhando mucunzá, baião de dois, buchada. Ninguém pra falar de veias entupidas, talvez apenas um médico. Mas o médico não é coisa de todos os dias. Os dias seriam de ventos libertos, menos interrompidos pelas casas tão coladas.

Fátima começou a contar de sua casa também. Morava na rua das Dores, era perto dali. Sem janelas para a rua, com paredes amarelas e um corredor cheio de vasos com plantas que lhe ajudavam a ser gente; gente que trabalha com as mãos, que repete a vontade de viver até senti-la. A terceira casa que morou desde que saiu da casa dos pais. Nunca mais falei com eles, morreram me odiando. Mas por que te odiavam tanto? Porque não concordavam com minha vida. Josélia entendia, de certa forma. Seu pai também era um homem antigo, ou um homem do seu tempo. Talvez o pai de Fátima fosse um homem ainda mais antigo para seu tempo.

Só que aquela coisa de não concordarem com a vida de Fátima começou a lhe cutucar um pouco. Que vida poderia ser? Uma vida sem casamento, dedicada a estudar? Mas, quem não casa para estudar, certamente iria mais longe do que um curso técnico em enfermagem. Longe de mim achar que é um conhecimento inferior.

Assim que achou uma brecha, perguntou diretamente. Fátima encurtou os olhos, usou o preparo do chá como desculpa para não ligar o rosto com o rosto de Josélia. Disse que sua vida era diferente da vida da maioria das mulheres de sua geração, pelo menos as que conhecia. E tudo bem, isso Josélia compreendia, mas aquela explicação era muito vaga, e isso poderia ser qualquer coisa. Por acaso tinha sido prostituta quando saiu da casa dos pais? Mas é claro que não! Fátima disse, segurando a mão direita no botão azul da blusa. Mas, para eles, era pior ainda. Antes eu fosse rapariga da pior qualidade, porque ao menos seria a naturalidade da mulher abrir as pernas para os homens, me desculpe a vulgaridade da minha fala, é que fico sentida.

Josélia entendeu. Não disse mais nada, estendeu os braços para pegar o chá.

Os dias continuaram, mas a recuperação sofreu um pequeno atraso. Tentando se virar na cama, Josélia colocou muito peso contra a coluna e acabou se machucando. Nada muito grave, mas o tempo com Fátima foi prolongado. Por um lado, Josélia se sentiu feliz e se questionou se, de alguma forma, não teria feito de propósito. E de propósito fez muito mais. No banho, bateu a cabeça levemente fingindo uma tontura. Torceu o pé enquanto caminhava da cama ao banheiro. Reclamou das dores nas costas até que Fátima aumentasse um pouco a dosagem dos analgésicos.

Queria ir um pouco mais fundo naquelas histórias sobre o que não era da natureza, o que não era dos animais. Animais todos somos, isso é lei da ciência, ou coisa de nome parecido, mas também somos muito mais. Nenhum animal quebra a coluna e transforma os ossos em cimento para que sinta melhor, caminhe melhor, deite melhor. Os animais vivem como são nascidos e, caso sobrevivam, comemoram. Ou nem disso sabem. Nós sabemos e levamos nos olhos muitos milhares de litros de água escura, turvada pelas histórias.

Josélia não queria invadir as histórias de Fátima como as muriçocas incomodam as orelhas que tentam dormir. Mas esse tempo lhe importava tanto. O tempo das bebidas mornas, dos curativos limpos, dos pés característicos que agora lhe soavam como folhas contra folhas.

Era uma distância de um metro e meio entre a cama de madeira e a poltrona de estofado estampado, onde Fátima estava sentada segurando uma xícara de café. Josélia só bebia chá, mas fez questão de, antes da cirurgia, saber tudo o que Fátima gostava. Café, bolacha, ovo cozido, aquele macarrão que parece cabelo cacheado, chilito de criança. Se ficaria esse tempo todo em sua casa, que também sentisse que ali era uma extensão de seu próprio conforto. Agora a situação poderia não ser a mais confortável, mas Josélia queria ouvir. Será que alguém já tinha pedido para ouvir? Bom, provavelmente. Seria muita melosidade, muita coisa de filme, achar que Fátima era uma abandonada sem amigos. Mas me conta, Fátima, eu nunca escutei.

E Fátima contou. Tinha dezesseis anos quando a mãe lhe arrumou um pretendente. Não era algo obrigatório, um arranjo entre famílias, mas eram insinuações. Indícios de que moças devem se casar, ter filhos, constituir famílias seguras, dentro da Igreja católica, enfeitadas com bordados, crochê e ponto de cruz.

Fátima não sabia se queria. Ou melhor, não sabia se não queria. Mas não sentia o que achava que deveria sentir. Exceto quando estava com a prima Vera, que tinha cabelos castanhos e ondulados e um perfume que grudava em qualquer objeto que tocava; toalhas, panos de prato, pequenos espelhos, até mesmo nas cadeiras em que sentava. Quando ajudava Vera a se vestir, demorava a atenção em seu corpo.

Depois veio Dorinha, uma amiga da escola de freiras. Finalmente entendeu que era diferente e, por mais que achasse que isso era algo errado, estava decidida a ficar com ela. Dorinha correspondia, segurava sua mão com o cuidado de quem descobre uma concha; tocava seus brincos para sentir seus lóbulos; dizia que nunca seria diferente, nunca se distanciariam.

Mas as pessoas começaram a falar e tanto falaram que começaram a vigiar. De modo que um beijo secreto chegou aos ouvidos do pai de Fátima. E então só havia duas escolhas: sair de casa ou parar de estudar e cumprir o papel destinado a todas as moças que são esposas, mães que bordam as ilusões dissipadas de uma vida que nunca terão.

1ª EDIÇÃO [2019] 10 reimpressões

ESTA OBRA FOI COMPOSTA PELA ABREU'S SYSTEM EM ADOBE GARAMOND
E IMPRESSA EM OFSETE PELA GRÁFICA BARTIRA SOBRE PAPEL PÓLEN BOLD
DA SUZANO S.A. PARA A EDITORA SCHWARCZ EM JUNHO DE 2024

A marca FSC® é a garantia de que a madeira utilizada na fabricação do papel deste livro provém de florestas que foram gerenciadas de maneira ambientalmente correta, socialmente justa e economicamente viável, além de outras fontes de origem controlada.